诗经名物

上

臧海亭　编著

陕西新华出版
三秦出版社

图书在版编目（CIP）数据

诗经名物 / 臧海亭编著 .— 西安 : 三秦出版社，2023.7

ISBN 978-7-5518-2726-3

Ⅰ．①诗… Ⅱ．①臧… Ⅲ．①《诗经》—诗歌研究 Ⅳ．① I207.222

中国国家版本馆 CIP 数据核字（2023）第 019571 号

诗经名物

臧海亭　编著

出 品 人　支旭仲
策 划 人　何飞燕　贾云
责任编辑　何飞燕　周甜　杨妩娇
责任校对　张依晨　石乔
装帧设计　高熠楠
出版发行　三秦出版社
社　　址　西安市雁塔区曲江新区登高路 1388 号
电　　话　（029）81205236
邮政编码　710061
印　　刷　陕西隆昌印刷有限公司
开　　本　850 mm × 1168 mm　1/32
印　　张　18.5
字　　数　200 千字
版　　次　2023 年 7 月第 1 版
印　　次　2023 年 7 月第 1 次印刷
标准书号　ISBN 978-7-5518-2726-3
定　　价　89.00 元

网　　址　http://www.sqcbs.cn

自序

孔子曰："多识于鸟兽草木之名。"大约是说识草木鸟兽鱼虫便可以更深入地理解《诗》意。但是，鸟兽草木之名不是容易识别的。鲁迅说过："动植物的名字也使我感到不少的困难。"这位硕学深深地感到，《诗经》中的品物之旧名太难认识，有许多字他就不认识，连字音也读不清，更何况识其形状。鲁迅还认为《尔雅》和《本草纲目》上的许多动植物"一向就终于注释不明白，虽然大家也七手八脚写下了许多书"。鲁迅在他的《动植物译名小记》一书中也曾解释过一些动植物之名，如旋花。他说："旋花一名鼓子花，中国也到处都有的。自生原野上，叶作戟形或箭镞形，花如牵牛花，色淡红或白，午前开，午后萎，所以日本谓之昼颜。"鲁迅总算对旋花作了一个大体的介绍，使人知道了旋花之大体形状。然，仍不尽意。古人云，百闻不如一见。你说虚中而节者竹，我看似芦。你说翮而啾者雀，我以为是燕。只有指屏上画，虽儿童不惑。于是《诗》之名物之画兴焉。

对《诗》中名物之认识，先释而后画。就《毛诗》而论，其注家著名者当为毛、郑、陆、孔、朱五家。二毛公为《传》，郑玄为《笺》，陆玑为《诗疏》（文中称"陆疏”），孔颖达为《正义》，朱熹为《集传》，各有所长。三国吴陆玑去汉未远，是以述古最详，尤为可信，事载《隋书》和《旧唐书》之《经籍志》。《新唐书》的《艺文志》有《毛诗草木鱼虫图》二十卷，是开成中唐文宗命集贤院修纂并绘图像，大学士杨嗣复、学士张次宗上之。是为官修《毛诗图》。至南宋，马和之绘《诗经图》，今存世十六种，计二十二卷，分藏于故宫博物院、上海博物馆、辽宁省博物馆、广西壮族自治区博物馆及日本、美国、英国等地博物馆。故宫仅藏《豳风》卷、《唐风》卷、《小雅》之《鹿鸣之什》和《节南山之什》及《周颂》之《闵予小子》等。据称马和之《诗经图》配有宋高宗和宋孝宗之亲书《诗经》经文。此外，还有唐孟诜的《食疗本草》，明朱橚的《救荒本草》，李时珍的《本草纲目》，吴其濬的《植物名实图考》等，均有植物图，但非《诗》之专著。至清乾隆五十年，即日本光格天皇五年，有冈元凤辑橘国雄绘的《毛诗品物图考》七卷。清咸丰元年，即日本孝明天皇嘉永九年，又有日本细井徇绘《诗经名物图解》，收《诗经》图二百多种。二书均传至今。梁图、唐图亡。至清乾隆间，中国学者徐鼎撰《毛诗名物图说》，绘《诗》图二百五十五幅，虽不能做到幅幅精美，却也大都绘出其名物所具之特征。徐氏用功二十年著成此书，现传于世，中国存世之诗图当以此书为最早，有其文献价值。又，清道光二十八年，学者吴其濬撰《植物名实图考》三十八卷，书未成，身先死。

我今所撰《诗经名物》，是在前贤研究的基础上，增加了一些新材料，自然是有新意的。例如，据诸学者对“苌楚”性状的描述，我力排今之诸家认定苌楚为猕猴桃一说；又力排葡萄为张骞所引入一说；文中对西瓜、辣椒等的引入，作了详细的考证；书中采纳了一些考古的新成果，如陕西考古家对凌阴的发现、发掘和研究，可补史缺；书中对近现代以一些学者对《诗》之品物的研究极为赞赏，例如对西北农林大学周尧教授对“蚕”的研究成果，予以推崇和肯定。同时，书中对古籍中的一些荒唐的记载予以批驳，例如，既言“蜮”为“人莫能见”，而其图其状又从何来？又言鳖能五官互用，以眼代耳，即是无耳，很是荒唐。鳖之耳在眼后，只是无外耳而已。书中对传说中的龙、凤等有比较详细的描述，虽其固不存在，然又已成为中国文化的固有成分，故而存之。书中对《尔雅》等古籍中的一些杂乱的记载，不予采纳，例如对茑和女萝的厘正。

《诗经名物》中计有卓类 82 条，木类 56 条，乌类 39 条，兽类 28 条，虫类 24 条，鱼类 19 条，天文 23 条，杂考 8 条，凡 8 类，共 279 条，20 余万字。我谨之慎之，诚恐有不周之处，故录一段张岱《夜航船》序文中的一段文字：

昔有一僧人，与一士子同宿夜航船。士子高谈阔论，僧畏慑，拳足而寝。僧人听其语有破绽，乃曰：“请问相公，澹台灭明是一个人、两个人？”士子曰：“是两个人。”僧曰：“这等，尧舜是一个人、两个人？”士子曰：“自然是一个人。”僧乃笑曰：“这等说起来，且待小僧伸伸脚。”

我这里，既鄙视士子，又欲做到不能使僧人伸伸脚则可已矣。

目录

第一章　草

第二章　木

第三章 鸟

第四章　兽

第五章　虫

第六章　鱼

第七章　天文

第八章　杂考

第一章　草

蕑（jiān）

（日）岩崎常正 绘

【出处】

《郑风 · 溱洧》：“方秉蕑兮。”

【注疏】

- 《传》：“蕑，兰也。”又曰：“德芬芳者佩兰。”
- 《埤雅》：“古之佩者各象其德，故德芬芳者佩兰。”
- 陆疏：“蕑即兰，香草也。《春秋传》：刈兰而卒。《楚辞》：纫秋兰。子曰：兰当为王者，香草皆是也。其茎叶似药草泽兰，但广而长。节节中赤。高四五尺。汉诸池苑及许昌宫中皆种之，可著粉中，故天子赐诸侯茝兰。藏衣著书中，辟白鱼也。”白鱼，衣书中蠹虫。

【考证】

蕑，古兰字。郑国人喜兰，誉为国香，以兰为蕑。郑俗，上巳之晨，士女采兰水上，祓除不祥，后世如兰亭修禊所仿。据近代本草学家考证，可以肯定至少在盛唐时期，“兰”均指菊科泽兰属植物的佩兰；至五代宋初，陶谷著《清异录》曰：“兰虽吐一花，室中亦馥郁袭人，弥旬不歇，故江南人以兰为‘香祖’。”这是兰这一植物用来指“兰科兰属”植物的最早最可靠证据。兰科植物被称为“兰”至今不过一千年。故而《诗》中的“蕑”应为菊科泽兰属的佩兰，不是今兰科属之叶似麦门冬之兰草。

兰，味辛性平，能解暑，利水，健脾胃。

芣苢（fú yǐ）

（元）谢楚芳《乾坤生意图》

【出处】

《周南 · 芣苢》：“采采芣苢，薄言采之。”

【注疏】

✿《传》：“芣苢，马舄。马舄，车前也。宜怀任焉。”

✿陆疏：“芣苢，一名马舄，一名车前，一名当道。喜在牛迹中生，故曰车前、当道也。今药中车前子是也。幽州人谓之牛舌草，可煮作茹。大滑，其子治妇人难产。”

✿《尔雅》引郭璞注：芣苢，“今车前草，大叶长穗，好生道边，江东呼为虾蟆衣”。

【考证】

芣苢，即今之车前草。李时珍《本草纲目》曰：“（芣苢）春初生苗，叶布地如匙面，累年者长及尺余。中轴数茎，作长穗如鼠尾，花甚细密，青色微赤。结食如葶苈，赤黑色。”说的正是车前草。

芣苢可入药亦可食。《列子·天瑞篇》有陵舄为虾蟆衣之说。芣苢可治大麻风病，大麻风病即癞病，癞者虾蟆。芣苢又可为菜，王旻《山居录》：“有种车前剪苗食法，则昔人常以为蔬矣，今野人犹采食之。”明周王朱橚《救荒本草》亦曰芣苢“救饥，采嫩苗叶煠熟，水浸去涎沫，淘净，油盐调食”。

车前草药用全草及种子，味甘性寒，可清热利水、消炎止咳。

虻（méng）

（日）高木春山 绘

【出处】

《鄘风 · 载驰》：“陟彼阿丘，言采其虻。”

【注疏】

✿《传》：“虻，贝母也。”

✿《集疏》：“鲁，虻作莔。”

✿陆疏：“虻，今药草，贝母也。其叶如栝楼而细小，其子在根下如芋子，正白，四方连累相著，有分解也。”

【考证】

虻，为百合科多年生草本，春生夏萎。鳞茎扁球形。叶在下部对生，上部轮生，茎顶的叶片呈线状披针形，先端卷曲如卷须。春季开花，花呈钟形，淡黄绿色，下垂。种类繁多，浙江产者为浙贝母，四川者川贝母，东北者平贝母，新疆者伊贝母。

贝母治恶疮，《本草纲目》载唐人记其事云：“江左尝有商人，左膊上有疮如人面，……有名医教其历试诸药，金石草木之类，悉无所苦。至贝母，其疮乃聚眉闭口，数日成痂遂愈。”李时珍曰：“《诗》云‘言采其虻’，即此。一作虻，谓根状如虻也。”

贝母入药止咳化痰、清热散结。浙贝母之花亦可润肺。

蓷（tuī）

（日）岩崎常正 绘

【出处】

《王风 · 中谷有蓷》：“中谷有蓷，暵其干矣。”

【注疏】

✿《尔雅》：“萑，蓷。”郭璞注：“今茺蔚也。叶似荏，方茎，白华，华生节间。又名益母。”

✿陆疏：“蓷似萑，方茎，白华，华生节间。旧说及魏博士济阴周元明皆云，菴蕳是也。韩诗及三苍说，悉云蓷，益母也。故曾子见益母感恩。”按《本草纲目》云，茺蔚一名益母。故刘歆云菲臭秽，即茺蔚也。

【考证】

蓷一名菴蕳，一名益母，一名茺蔚。陆疏只说蓷似萑，未言蓷即萑，萑者荻也。

菴蕳为多年生草，山地自生，茎高一二尺，叶质厚而粗糙，略似菊叶而缺刻不深，夏秋间开细花，色淡黄，结细实如艾，非菲也。蓷当为刘歆所说的茺蔚。茺蔚一名九节草，全草及花、果实皆入药，能活血祛瘀，调经消水，为妇科要药。其子为茺蔚子，可清肝、明目、降血压。古代妇女以此药养颜美容，抗衰老，故称益母。李时珍还说，益母草可调女人经脉，崩中带下，产后胎前诸病。久服令人有子。

杞

（日）岩崎常正 绘

【出处】

《小雅 · 四牡》：“集于苞杞。”

【注疏】

✿《尔雅》:“杞，枸檵。”郭璞亦注曰:“今枸杞也。”

✿陆疏释“集于苞杞”之杞曰:“杞，其叶如樗，一名苦杞，一名地骨。春生作羹，茹，微苦。其茎似莓，子秋熟，正赤。茎、叶及子服之，轻身益气。”

【考证】

枸杞，属茄科枸杞属。嫩叶可作蔬菜，河南称甜菜芽。枸杞之棘如枸之刺，茎如杞之条，故兼名之。

《本草纲目》:“（枸杞）春生苗，叶如石榴叶而软薄堪食，俗呼为甜菜。其茎干高三五尺，作丛。六月、七月生小红紫花，随便结红实，形微长如枣核。其根名地骨。”《本草纲目》曰:“古者枸杞、地骨取常山者为上，其他丘陵陂岸者皆可用。后世唯取陕西者良，而又以甘州者为绝品。”

《救荒本草》说枸杞可以救荒，枸杞之根、苗、子均可入药。“子”，味甘性平，能坚筋骨，益肾补肝。“苗”乃天精，苦甘而凉，治上焦心肺客热。《救荒本草》也说苗一名地仙草，或名天精，或名却老。“根”，一名地骨，味苦性寒，治下焦肝肾虚热。所以，枸杞乃安三焦之要药。

藚（xù）

（日）岩崎常正 绘

【出处】

《魏风·汾沮洳》：“彼汾一曲，言采其藚。”

【注疏】

✿《尔雅》：“藚，牛唇。”郭璞注：“《毛诗传》水蕮也。”

✿陆疏：“藚，今泽泻也。其叶如车前草大，其味亦相似，徐州广陵人食之。”

【考证】

藚，有几个说法。王夫之认为藚是苋科的牛膝。藚之为言续，牛膝有续筋接骨之功。郑玄认为藚为续断。《尔雅》认为藚是牛唇。今以藚为泽泻已成定论。

藚可救荒。《救荒本草》曰：“采嫩叶煠熟，水浸淘净，油盐调食。”又言，泽泻，“俗名水蓄菜，一名水泻，一名及泻，一名芒芋，一名鹄泻。生汝南池泽，及齐州、山东、河、陕、江、淮亦有，汉中者为佳，今水边处处有之。丛生苗叶，其叶似牛舌草叶，纹脉竖直。叶丛中间撺葶，对分茎叉，茎有线楞，稍间开三瓣小白花。结实小，青细。子味甘，叶味微咸，俱无毒”。

《救荒本草》：“去水曰泻，如泽水之泻也。”泽泻根茎可入药，其味甘咸性寒，能利水通淋。

茑（niǎo）

（日）岩崎常正 绘

【出处】

《小雅·頍弁》：“茑与女萝，施与松柏。”

【注疏】

✿《尔雅》：“寓木，宛童。”是说茑寓于木，宛如童。郭璞注：“寄生树，一名茑。”

✿陆疏：“茑，一名寄生，叶似当卢，子如覆盆子，赤黑甜美。”

【考证】

茑，今名寄生，常绿寄生灌木。

《辞海》：“桑寄生，桑寄生科。半寄生性常绿小灌木，寄生于山茶科、壳斗科和桑科等植物树枝上。嫩枝、叶、花序密被褐或红褐色星状毛，小枝黑色。叶革质，卵形或椭圆形，上面绿色，下面被褐色茸毛。夏秋开花，花序腋生，花两性，花被红色，管状，具披针形裂片四枚。浆果椭圆形。产于中国西南部、中部和东南部。”

药用全株，四季可采。性平，味苦，可强筋骨、除风湿，主治腰酸背痛、风湿痛、胎动不安等症。现亦用治高血压病。

茑是如何吸取被寄生植物的营养的？原来桑寄生类植物有许多吸根，这些吸根深入到寄生体内吸取养分和水分，外貌宛如被寄生植物的一部分。

女萝

（日）岩崎常正 绘

【出处】

《小雅 · 頍弁》：“茑与女萝，施于松上。”

【注疏】

✿《毛传》:“女萝，菟丝也。”

✿陆疏:“女萝，今菟丝。蔓连草上生，黄赤如金。今合药菟丝子是也。非松萝，松萝自蔓松上，枝正青，与菟丝异。”

✿《尔雅》:“唐、蒙，女萝。女萝，菟丝。”郭璞注曰:“别四名，《诗》云:爰采唐矣。”

✿《广雅》:“女萝，松萝也。”

【考证】

女萝即松萝。松萝为松萝科地衣类植物，而菟丝为旋花科植物，菟丝与女萝不同科，两者绝不相类。晋张华《博物志》卷四曰:“女萝寄生菟丝，菟丝寄生木上。”说明女萝与菟丝非为一物。《古诗十九首》有“与君为新婚，菟丝附女萝”的诗句，正与《博物志》同，说明菟丝非女萝。又，《本草纲目》引陆佃言:“在木为女萝，在草为菟丝，二物殊别。皆由《尔雅》释《诗》误以为一物故也。”

中国各地常见的有长松萝和环裂松萝。松萝味甘性平，能清热解毒，止咳化痰。

蒲

（日）细井徇 绘

【出处】

《陈风·泽陂》：“彼泽之陂，有蒲与荷。”

【注疏】

✿ 陆疏："蒲始生，取其中心入地者名蒻，大如匕柄，正白。生噉之，甘脆。煮而以苦酒浸之，如食笋法。"

【考证】

《泽陂》之蒲应为香蒲，香蒲是多年生泽生草本，地下茎白色，粗壮，有节。叶片带状而长，有穗状圆柱形花序。叶基部有长鞘包围茎部，叶长而扁，宽 1 至 1.5 厘米。《救荒本草》曰："香蒲即甘蒲也，一名睢，一名醮，俚俗名此蒲为香蒲，谓菖蒲为臭蒲。"香蒲之根比菖蒲根较肥大而少节。

蒲可救荒，是常见的野生蔬菜，其嫩茎与芽可食，叶可制席。花中蕊屑细若金粉，称蒲黄，味甘性平，为行血、消瘀、止血的常用药。

荷

(日) 岩崎常正 绘

【出处】

《郑风 · 山有扶苏》：“隰有荷花。”《陈风 · 泽陂》：“有蒲与荷。”

【注疏】

❀《传》曰：“荷华，扶渠也，其华菡萏。”

❀《笺》曰：“芙蕖之茎曰荷，生而佼大。”

【考证】

陆玑认为：“荷，芙蕖，江东呼荷。其茎茄，其叶蕸，茎下白蒻，其花未发为菡萏，已发为芙蓉，其实莲。莲青皮里白，子为的，的中有青，长三分如钩，为薏，味甚苦，故俚语曰‘苦如薏’是也。的五月中生，生啖脆。至秋表皮黑。的成实或可磨以为饭，如粟也，轻身益气，令人强健。又可为糜，幽州、扬、豫取备饥年。其根为藕，幽州谓之光旁，为光如牛角。”

荷全身是宝，全身均可入药。藕节止血止泻，荷叶解热、解痉，莲须固肾涩精，莲芯清心泻火，莲子补脾止泻、养心益肾。

荇菜（xìng cài）

（日）细井徇 绘

【出处】

《周南·关雎》：“参差荇菜，左右流之。”

【注疏】

✿《传》：“荇，接余也。”

✿《尔雅》：“莕，接余。其叶苻。”郭璞注曰：“丛生水中，叶圆，在茎端，长短随水深浅，江东食之。”

✿陆疏：“荇，白茎，叶紫赤色，正圆，径寸余，浮在水上，根在水底，大如钗股，上青下白。煮其白茎以苦酒浸，脆美，可以按酒。今人不食，医方亦鲜用。”

【考证】

荇菜，一名莕菜。属龙胆科，多年生水生草本植物。茎多分枝，沉入水中，有许多不定根。上半部叶对生，其余互生。叶浮水面，基部心形。花数朵聚合成伞形花序，金黄色。椭圆形种子边缘有纤毛。

荇可食用救荒，还可作饲料，可肥田。全草为解热利尿良药，葛洪《肘后备急方》就有荇菜药用的记载。

蘋（pín）

（日）岩崎常正 绘

【出处】

《召南 · 采蘋》：“于以采蘋，南涧之滨。”

【注疏】

✿ 陆疏:“蘋,今水上浮萍是也。其粗大者谓之蘋,小者曰萍。季春始生。可糁蒸以为茹,又可用苦酒淹以就酒。”

✿《尔雅》:“萍,其大者蘋。”郭璞注:“江东谓之薸。”

✿《集传》:“蘋,水上浮萍也。江东人谓之薸。”薸,浮萍。

✿《本草纲目》:“蘋,乃四叶菜也。”

【考证】

蘋,不可简化为苹。蘋,属蘋科。叶浮水面,根连水底。其叶大如指顶,面青背紫,有细纹,颇似马蹄决明之叶,四叶合成,中折十字,故俗呼为四叶菜、田字草、破铜钱,皆象形也。

繁殖速度极快,在水田中恣意散生,为稻田害草。然,嫩叶可食,全草可作猪饲料。又可入药,内服清热解毒,外敷治蛇咬、治疔疮。

藻

(日) 岩崎常正 绘

【出处】

《召南 · 采蘋》： “于以采藻。”

【注疏】

《传》：“藻，聚藻也。”

《说文》：“藻，薻，或从澡。”

陆疏：“藻，水草也。生水底。有二种，其一种叶如鸡苏，茎大如箸，长四五尺；其一种茎大如钗股，叶如蓬蒿，谓之聚藻。”“扶风人谓之藻，聚为发声也。此二藻皆可食。煮熟，挼去腥气，米面糁蒸为茹，嘉美。扬州饥荒可以当谷食也。”挼，揉搓。糁，煮熟。

《本草纲目》：“藻乃水草之文者，洁净如澡浴，故谓之藻。……时珍曰：‘藻有二种，水中甚多。水藻，叶长二三寸，两两对生，即马藻也；聚藻，叶细如丝及鱼鳃状，节节连生，即水蕴也，俗名鳃草，又名牛尾蕴是矣。’”

【考证】

藻，今名菹草，属眼子菜科，即《诗》中之藻。《传》以藻为聚藻，即茎如钗股者，也就是鳃草。但历代文献中之藻，种类极多，不止两种，分散在小二仙科、金鱼藻科、杉叶藻科等分类群。

藻可全草入药，清凉解毒，可以止泻。藻，四季可采，又可作饲料。

藻象征温顺、廉洁，故而周代女子祭祀时以藻为祭品，以示女德。古朝服也均绣以藻饰，表示廉洁。屋梁上雕绘的藻纹，以压火灾。所谓的藻棁，也就是绘有藻饰的梁上短柱。

茆（mǎo）

（日）细井徇 绘

【出处】

《鲁颂 · 泮水》：“思乐泮水，薄采其茆。”

【注疏】

✿《集传》：“凫葵也。叶大如手，赤圆而滑，江南人谓之莼菜也。”

✿陆疏：“茆与荇菜相似，叶大如手。赤圆有肥者，手滑不得停。茎大如匕柄，叶可以生食，又可煮，滑美。江南人谓之莼菜或谓之水葵，诸陂泽中皆有。”

【考证】

茆即纯菜、凫葵、马蹄菜，多年水生宿根草本。茆可以药用，陶弘景说茆可逐水。陈藏器说纯体滑，不可多食。莼可治头上恶疮、数种疔疮。古时也用作祭品。明张岱《夜航船》曰：“莼可治厕中蛆，以莼菜一把投厕缸中，即无。”

《楚辞·招魂》：“紫茎屏风，文缘波些。”其中的“屏风”即为茆。二句是说，茆的茎随着水波荡漾，起了浪纹。可见茆为人所常见。《世说新语》载：“陆机诣王武子，武子前置数斛羊酪，指以示陆曰：‘卿江东何以敌此？’陆云：‘有千里莼羹，但未下盐豉耳。’”陆机是说：我江东的莼菜加上盐豉胜过你的羊酪。由此可见茆对于江东人是多么的重要。

蒹葭（jiān jiā）

（日）细井徇 绘

【出处】

《秦风 · 蒹葭》：“蒹葭苍苍。”

【注疏】

《传》："蒹，薕。葭，芦。"

陆疏："葭，一名芦菼，一名薍，薍或谓之荻。至秋坚成，则谓之萑。其初生三月中，其心挺出，其下本大如箸，上锐而细，扬州人谓之马尾。以今语验之，则芦、薍别草也。"

《本草纲目》："按毛苌诗疏，苇之初生为葭，未秀曰芦，长成曰苇。苇者，伟大也。芦者，色卢黑也。葭者，嘉美也。"

【考证】

蒹、萑、菼、荻皆似苇而小，统曰"荻"。葭又称华，今芦也。葭、芦、苇、华为一物，比荻大。芦苇为禾本科多年生草本植物，芦苇形态变异很大，有学者曾分出七十四个变种。

《救荒本草》以芦之嫩笋可熟食，可生啞。《本草纲目》以芦可止渴，利尿，可解河豚及诸鱼蟹毒，是为药。芦茎可织席、编屋墙。梅尧臣《岸贫》诗曰："野芦编作室，青蔓与为门。"芦叶可薪、可裹粽。枝叶可饲牛，筑城墙、堤岸。

苕（tiáo）

（日）细井徇 绘

【出处】

《小雅 · 苕之华》：“苕之华，芸其黄也。”

【注疏】

- 《说文》："苕，草也。"
- 《尔雅》："苕，陵苕。"
- 《传》："苕，陵苕也，将落则黄。"
- 《笺》："陵苕之华，紫赤而繁。"
- 《本草纲目》："苕，俗谓赤艳曰紫葳葳，此花赤艳，故名。附木而上，高数丈，故曰凌霄。"又曰："苕，八月结荚如豆荚，长三寸许，其子轻薄如榆仁、马兜铃仁。其根长亦如马兜铃根状，秋后采之，阴干。"

【考证】

《小雅·苕之华》之苕，即今之凌霄。凌霄为落叶性木质藤本植物。《本草纲目》："凌霄开花，一枝十余朵，大如牵牛花。"从汉代之《本草经》起，苕即名凌霄。苕有两种，《尔雅》有："黄华，蔈；白华，茇。"今只见黄赤色者。凌霄又有直上云霄高举之意，非独其卑也。陆玑诗云："仰瞻凌霄鸟，羡尔归飞翼。"此苕，即凌霄。

游龙

（日）细井徇 绘

【出处】

《郑风·山有扶苏》："山有桥松，隰有游龙。"

【注疏】

✿ 陆疏："游龙，一名马蓼，叶粗大而赤白色，生水泽中，高丈余。"

✿《尔雅》："龙，红草。"

✿《集传》："龙，红草也，一名马蓼，叶大而色白，生水泽中，高丈余。"

【考证】

郑《笺》云："游龙犹放纵也。"红草放纵枝叶于隰中，即可证明游龙即红草，也就是马蓼。《救荒本草》中有"白水荭苗"，即《本草纲目》所说的"荭草"。按"白水荭苗"为蓼科蓼属马蓼，而《本草纲目》入药的荭草非马蓼，为荭蓼。《救荒本草》原文有误。

据《本草纲目》，此蓼甚大而花亦繁红，故曰荭，曰鸿。鸿，大也。其茎粗如拇指，有毛。其叶大如商陆。花色浅红，成穗。深秋子成，扁如酸枣仁而小，其色赤黑而肉白，可食。今陕西三原县有美食"蓼花糖"，其形似蓼之花，故名。游龙子可入药，有清热化痰、活血解毒、明目之效。

苹

（日）岩崎常正 绘

【出处】

《小雅 · 鹿鸣》：“呦呦鹿鸣，食野之苹。”

【注疏】

《传》：“苹，萍也。”

《集传》：“苹，藾萧也，青色，白茎如箸。”

严粲《诗缉》云：“苹有二种，一云‘苹，萍。其大者蘋’。此水生之苹也。解见《采蘋》。一云‘苹，藾萧’，郭璞云‘今藾蒿也’，此陆生之苹也，即鹿所食是也。”

陆疏：“苹，叶青白色，茎似箸而轻脆。始生香可生食，又可蒸食。”

《尔雅》：“萍，藾萧。”郭璞注：“今藾蒿也，初生亦可食。”

【考证】

清徐鼎《毛诗品物图说》云：“萍从水，是水中草。”即十字草浮萍。又说：“苹从草，是平地之草。”分清了苹和萍。苹即藾萧，就是鹿食之苹。

蘩（fán）

（日）岩崎常正 绘

【出处】

《召南 · 采蘩》：“于以采蘩。”

【注疏】

陆疏：“蘩，皤蒿，凡艾。白色为皤蒿，今白蒿。春始生，及秋香美，可生食，又可蒸食。一名游胡，北海人谓之旁勃。”

《尔雅》：“蘩，皤蒿。”

《埤雅》：“蘩，叶粗于青蒿，从初生至枯，白于众蒿。”

【考证】

郭璞注蘩为白蒿，白蒿者茵陈，早春后为蒿当柴，何能食之？《集传》曰：“蘩，白蒿也。所以生蚕，今人犹用之。盖蚕生未齐，未可食桑，故以此啖之也。”是说蚕初生，蘩可以饲蚕。而《本草纲目》又说：“白蒿有水陆两种，《尔雅》通谓之蘩，以其易蘩衍也。曰：‘蘩，皤蒿。’即今陆生艾蒿也，辛熏不美。曰：‘蘩，由胡。’即今水生蒌蒿也，辛香而美。”符合“沼”“沚”“涧”等水生环境且植株有香气、嫩茎叶可作菜蔬食用者，仅有蒌蒿一种。所以《诗》中的“蘩”当为水生蒌蒿，而不是茵陈。

莪（é）

（日）细井徇 绘

【出处】

《小雅·菁菁者莪》：“菁菁者莪，在彼中阿。”

【注疏】

✿《尔雅》:“莪,萝。”郭璞注:“今莪蒿也,亦曰廪蒿。”

✿陆疏:“莪生泽田渐洳之处,叶似邪蒿而细,科生。三月中,茎可生食,又可蒸食,香美,味颇似蒌蒿。”

【考证】

刘文泰《本草品汇精要》曰:“廪蒿生高冈,宿根,先于百草,一名莪蒿。此莪蒿即茵陈蒿之类。常抱宿根而生,有子依母之象,故诗人借以起兴。”

《本草纲目》曰:“莪,亦峨也,峨科高也。可以覆蚕,故谓之萝。抱根丛生,故曰抱娘。”从此,莪亦称抱娘蒿。《救荒本草》注将莪蒿和抱娘蒿列为不同种属,以莪蒿属紫葳科角蒿属角蒿,以抱娘蒿属十字花科播娘蒿属。

莪的种子可入药,称“南葶苈子”,祛痰定喘,行水利尿。

蒌（lóu）

（日）岩崎常正 绘

【出处】

《周南 · 汉广》：“翘翘错薪，言刈其蒌。”

【注疏】

✿《传》：“蒌，草中之翘翘然。”言蒌之高。

✿陆疏：“蒌，蒌蒿也。其叶似艾，白色，长数寸。高丈余，好生水边及泽中，正月根芽生，旁茎，正白。生食之，香而脆美，其叶又可蒸为茹。”

【考证】

《救荒本草》中之蔄蒿，有人认为就是蒌，但蔄蒿高仅二尺，与陆疏之“高丈余”不符。但注者言：“蔄蒿，菊科属蒌蒿。”又引苏轼诗“蒌蒿满地芦芽短，正是河豚欲上时”，以证蔄蒿即蒌蒿。

蒌，即水蒿。是同类植物中唯有蒌可立于水中生长者。蒌可救荒，且全草入药，可补中益气。

蒿

(日) 岩崎常正 绘

【出处】

《小雅 · 鹿鸣》：“呦呦鹿鸣，食野之蒿。”

【注疏】

✤《传》：“蒿，菣也。”

✤陆疏：“蒿，青蒿也。荆豫之间、汝南、汝阴皆云菣也。”

✤《尔雅》：“蒿，菣。”郭璞注曰：“今人呼青蒿，香中炙啖者为菣。”

✤《本草纲目》：“青蒿春生苗，叶极细，可食。至夏高四五尺。秋后开细淡黄花，花下便结子，如粟米大，八九月采子阴干。根茎子叶并入药用，干炙作饮香尤佳。”

【考证】

沈括《梦溪笔谈》曰：“青蒿一类，自有二种：有黄色者，有青色者。其黄色者，为黄花蒿，植株色绿微黄，气味辛臭；其青色者，枝叶揉之极香。二者皆《诗》之蒿。”

蒿可清热解暑，凉血、止痒。古时以嫩苗叶为菜蔬食用，干可以作炙。鹿类喜食。

今之屠呦呦，创制抗疟药“青蒿素”和“双氢青蒿素”，其青蒿，即此蒿也。

卷耳

（日）岩崎常正 绘

【出处】

《周南 · 卷耳》：“采采卷耳，不盈顷筐。”

【注疏】

✿《传》："卷耳，苓耳。"

✿ 陆疏："卷耳，一名枲耳，一名胡枲，一名苓耳。叶青白色，似胡荽。白华，细茎，蔓生。可煮为茹，滑而少味。四月中生子，如妇人耳中珰，今或谓之耳珰。幽州人谓之爵耳是也。"

✿《尔雅》："卷耳，苓耳。"郭璞注："形似鼠耳，丛生如盘。"

✿《集传》："卷耳，枲耳。叶如鼠耳，丛生如盘。"

【考证】

卷耳属多年生疏丛草本，是石竹科植物，生于园圃道旁等处。茎叶皆有微毛，茎高者尺许，叶作长卵形，对生，无柄。春开白花，为聚伞花序。卷耳全草入药，清热解毒。

又有说法认为卷耳即苍耳。卷耳为苍耳之说始自《本草纲目》，李时珍说卷耳之叶如茄，由是衍出卷耳为苍耳一说。按苍耳，属菊科苍耳属，为一年生粗壮草本，叶有长柄，叶片宽为三角形，边缘有缺刻。苍耳与卷耳不同科不同属。今依陆疏、《尔雅》、《集传》、《广雅》等经典及日本学者冈元凤、细井徇所绘之卷耳图，可以排除"卷耳为苍耳"一说。

芍药

(日）细井徇 绘

【出处】

《郑风·溱洧》：“赠之以芍药。”

【注疏】

✿ 陆疏："芍药，今药草。芍药无香气，非是也。未审今何草。"司马相如赋云："芍药之和。"扬雄赋云："甘甜之和。芍药之美，七十食也。"

✿《集传》："勺药，亦香草也。三月开华，芳香可爱。"

✿《本草纲目》："夏初开花，有红白紫数种，结子似牡丹子而小。秋时采根。"

【考证】

芍药，别名"将离""离草"。称其"将离"是因为它的果实为各自离开的蓇葖果。芍药属毛茛目芍药科，多年生草本植物，株高 60 至 120 厘米，花开枝顶，艳丽无比。芍药可为观赏植物，有"扬州芍药甲天下"之说。芍药根可入药，可镇痛止痉、凉血散瘀、养血柔肝。种子可榨油，供制肥皂、涂料用。根和叶可提制栲胶，也可用作土农药杀虫。

高诱注《吕氏春秋》曰："郑国淫辟，男女私会于溱、洧之上，有绚盱之乐，芍药之和。"故《诗》中"赠之以芍药"，取"和"之意。崔豹《古今注》将牡丹亦列入芍药之类，以芍药为草本，以牡丹为木本。所以也称牡丹为"木芍药"。

葑菲（fēng fēi）

（日）岩崎常正 绘

【出处】

《邶风 · 谷风》：“采葑采菲。”

【注疏】

✿ 陆疏："葑，蔓菁。幽州人或谓之芥。菲似菖，茎粗叶后而长，有毛。三月中蒸煮为茹，甘美，可作羹。幽州人谓之芴，《尔雅》又谓之葸菜，今河内人谓之宿菜。"

✿《集疏》："葑即芜菁，一名蔓菁，非菘亦非芥。"

【考证】

湖南人称蔓菁为大头菜。按《尔雅》所说的"芦菔"，芦音罗，就是《诗》中的菲，今之萝卜。焦循认为菲、菔、葩声相似，故芦菔为今萝卜。宋罗愿《尔雅翼》称菲为芦菔。萝卜可入药，《神农本草经》以菲可"消痰止咳，治肺痿"。又可利关节、理颜色、练五脏恶气、治面毒等。李时珍曰："莱菔根、叶同功，生食升气，熟食降气。"

《夜航船》称其为"五美菜"："诸葛武侯出军，凡所止之处，必种蔓菁，即萝卜菜，蜀人呼为诸葛菜。其菜有五美：可以生食，一美；可菹，二美；根可充饥，三美；生食可消痰止渴，四美；煮食之补人，五美。故又名五美菜。"

蕨

(日) 岩崎常正 绘

【出处】

《召南 · 草虫》：“陟彼南山，言采其蕨。”

【注疏】

陆疏："蕨，鳖也，山菜也。周秦谓蕨，齐鲁曰鳖。初生似蒜，茎紫黑色，可食如葵。"

《尔雅》："蕨，鳖。"郭璞注："初生无叶，可食。江西谓之鳖。"

《埤雅》："（蕨）初生无叶，可食，状如大雀拳足，又如其足之蹶，故谓之蕨。"

《本草纲目》："蕨，处处山中有之。二三月生芽，拳曲状如小儿拳。长则展开如凤尾，高三四尺。其茎嫩时采取，以灰汤煮去涎滑，晒干作蔬，味甘滑，亦可醋食。其根紫色，皮内有白粉，捣烂再三洗澄，取粉作粔籹，荡皮作线食之，色淡紫，而甚滑美也。"

【考证】

蕨，属凤尾蕨科，多年生草本，高一米左右。根状茎蔓生土中，被棕色细毛。叶大，多回羽状复叶。广布于全球。幼叶可食，称蕨菜。根状茎含淀粉，称蕨粉，可供食用、酿造和药用。其纤维可制绳缆，能耐水湿。李时珍曰："饥人濒死，赖蕨延活。"《救荒本草》说的一种鹿蕨菜，苗高一尺许，其叶之茎背圆而面窊者，或为蕨。也属凤尾蕨科蕨属蕨，谓之拳菜。

薇

（日）岩崎常正 绘

【出处】

《召南·草虫》：“陟彼南山，言采其薇。”

【注疏】

✿ 陆疏：“薇，山菜也。茎叶皆似小豆，蔓生，其味亦如小豆。藿可作羹，亦可生食。今官园种之，以供宗庙祭祀。”

✿《清稗类钞》：“薇为一年生草，茎高二三尺，尖端卷曲如旋涡。叶有二种，一为绿色，差类蕨叶；一为褐色，形细长。其上着生多数孢子囊，嫩时可食。”

【考证】

薇，多数学者从陆玑之说，以薇为今之野豌豆。在日本人细井徇所绘之薇图中，薇与蕨同图，且极为相似。陈子展曰：“项氏曰：薇，今之野豌豆苗也。”《十三经辞典·毛诗卷》也以薇为野豌豆。《辞海》言薇为大巢菜。朱熹只言薇者菜。《救荒本草》未言薇为野豌豆，而言“野豌豆生田野中，苗初就地拖秧而生，后分生茎叉，苗高二尺余。叶似胡豆，叶稍大；又似苜蓿，叶亦大。开淡粉紫花。结角似家豌豆角，但秕小，味苦”。可以救饥。然《诗》之薇绝非野豌豆者，《史记·伯夷列传》中说的“采薇而食”和王维诗中的“不得顾采薇”里的“薇”也绝非野豌豆者。薇为似蕨者。薇属蕨类植物紫萁科，野豌豆属豆科野豌豆属。

葍（fú）

（日）细井徇 绘

【出处】

《小雅·我行其野》：“我行其野，言采其葍。”

【注疏】

✿《传》：“蓄，恶菜也。”

✿《尔雅》：“蓄，蓄。”郭璞注：“大叶，白华，根如指，正白，可啖。”

【考证】

蓄有两种。其一，陆疏：“蓄一名蓄。幽州人谓之燕蓄，其根正白。可着热灰中温噉之。饥荒之岁可蒸以御饥。汉祭甘泉或用之。其叶有两种，叶细而花赤者有臭气。”其二，《救荒本草》的蓄子根条说蓄，俗名打碗花，一名兔儿苗，生平泽中，延蔓而生，叶似山药叶而狭小。开花状似牵牛花，微短而圆，粉红色。其根甚多，大者如小箸，长一二尺，色白，味甘，性温。可救荒，久食则头晕。但是，近代研究者认为蓄子根似打碗花，而非一物。

《辞海》以蓄为多年生的蔓草，又名小旋花、面根藤儿。田野间到处都有，地下茎可蒸食，有甘味。《辞海》的说法源自《救荒本草》。日本人细井徇和冈元凤的《诗》之蓄图为大叶粗干，花如穗状，不是小旋花。

芑（qǐ）

（日）岩崎常正 绘

【出处】

《小雅 · 采芑》：“薄言采芑。”

【注疏】

✿《传》："芑，菜也。"

✿《集传》："芑，苦菜也，青白色，摘其叶，有白汁出，肥可生食，亦可蒸为茹，即今苦买菜，宜马食。军行采之，人马皆可食也。"

✿陆疏："芑，菜。似苦菜也。茎青色，摘其叶，白汁出。肥可生食，亦可蒸为茹。青州谓之芑，西河雁门芑尤美。胡人恋之，不出塞。"

【考证】

芑，似苦菜，即今山萵苣。菊科山萵苣属植物，叶多基生，舌状花均黄色，果实之冠毛皆白色。

荼（tú）

（日）细井徇 绘

【出处】

《邶风·谷风》：“谁谓荼苦，其甘如荠。”

【注疏】

陆疏：“荼，苦叶。生山田及泽中。得霜甜脆而美，所谓堇荼如饴。《礼记·内则》云：‘濡豚，包苦。用苦菜是也。’”《内则》的意思是说腌渍猪肉时用苦菜包裹，并填塞以水蓼，可以除去肉腥。

《集传》：“荼，苦菜也。味苦气辛，能杀物，故谓之荼毒也。”

《本草纲目》：“苦菜即苦荬也，家栽者呼为苦苣，实一物也。春初生苗，有赤茎、白茎二种。其茎中空而脆，折之有白汁。”

【考证】

荼为菊科之苦菜。严粲《诗缉》以荼有三种：苦菜、委叶、英荼。《绵》为苦菜，《良耜》为委叶，“有女如荼”为英荼。《救荒本草》言荼可救荒，可入药。有降血压、凉血、解毒等作用。

匏（páo）

（日）细井徇 绘

【出处】

《邶风·匏有苦叶》：“匏有苦叶，济有深涉。”

【注疏】

✿《集传》：“匏，瓠也。匏之苦者不可食，特可佩以渡水而已。然今尚有叶，则亦未可用之时也。”

✿《诗缉》：“匏经霜叶枯落，干之，腰以渡水。”

✿《鹖冠子》：“贱生于无所用，中流失船，一壶千金。”

【考证】

匏是菜类。元王祯《农书》也说：“匏之大者可煮作素羹，可与肉煮作荤羹，看与蜜煎作果。”

匏可制作乐器。《尔雅翼》：“匏在八音之一。”

匏可作酒器。《大雅 · 公刘》：“执豕于牢，酌之用匏。”朱熹注曰：“以豕为肴，用匏为爵。”匏为酒杯。

匏可制作工艺品，明末太监徐九公所创，于匏上画书画，以献宫廷。今也有用匏作工艺品者。

匏喻人之无用，称“匏系”。陆游有诗：“匏系不得从，瞻望抱悁悁。”曹植《洛神赋》：“叹匏瓜之无匹兮，牵牛之独处。”是匏系之证。

匏瓜为古星宿名，在女宿。匏瓜星官含五星，主占瓜果之丰歉。

旨苕

(日) 高木春山 绘

【出处】

《陈风 · 防有鹊巢》：“邛有旨苕。”

【注疏】

✿《传》："苕，草也。"

✿ 陆疏："苕，苕饶也。幽州人谓之翘饶。蔓生，茎如劳豆而细，叶似蒺藜而青，其茎叶绿色，可生食，如小豆藿也。"

【考证】

旨苕即今紫云英。紫云英为豆科植物，二年生草本，高 30 厘米，花冠紫红色，花期二月到六月。其花与麦苗、油菜花三色错杂，美不胜收。紫云英为美地杂草，有"紫云铺野"之誉。其草可以肥田。其子可入药，有补气固精、益肝明目、清热利尿之效。《救荒本草》所说的紫云菜，不是紫云英，当为灯笼草或风车草。

莫（mù）

（日）岩崎常正 绘

【出处】

《魏风·汾沮洳》：“彼汾沮洳，言采其莫。”

【注疏】

✿陆疏："莫，茎大如箸，赤节，节一叶，似柳叶，厚而长，有毛刺。今人缫以取茧绪。其味酢而滑，始生可以为羹，又可生食。五方通谓之酸迷。冀州人谓之乾绛，河汾之间谓之莫。"

✿《集传》："莫，菜也，似柳叶，厚而长，有毛刺，可为羹。"

【考证】

"莫"音沐，野菜。属蓼科，为多年生草本，根为须根；茎具深沟槽。叶箭形，长5至12厘米，宽2至4厘米，全缘或微波状。叶柄长2至10厘米。花序狭圆锥状，顶生。雌雄异株。花被六，排成二轮。瘦果椭圆形，具三锐棱，黑褐色，有光泽。此草今处处有之。

莫可生食、煮食。其酸味来自所含之大黄酸。莫可入药，治疥癣、汗斑等皮肤病。《本草纲目》言其叶主轻身益气，根叶取汁炼霜，可制雄汞。《本草拾遗》称莫为山大黄。

藟（lěi）

（日）岩崎常正 绘

【出处】

《周南 · 樛木》：“南有樛木，葛藟累之。”

【注疏】

❀ 陆疏：“藟，一名巨瓜，似燕薁，亦延蔓生。叶如艾，白色。其子赤，可食，酢而不美。幽州谓之蓷藟。”

❀《正义》：“藟与葛异，亦葛之类也。”

❀《毛诗名物图说》引苏颂《图经》：“蔓延木上，叶似葡萄而小，五月开花，七月结实，青黑微赤，冬惟凋叶，即《诗》云藟也。此藤大小盘薄，又名千岁藟。”

【考证】

藟，葛类蔓生植物。藟与葛有异，有别于葛。《诗》之意为樛木下垂，故葛藟得以附而生。《左传·文公七年》乐豫曰：“葛藟犹能庇其本根，故君子以为比，况国君乎？”引藟以喻。

葛（gě）

（日）细井徇 绘

【出处】

《周南·葛覃》：“葛之覃兮，施于中谷。”

【注疏】

✿《传》：“葛所以为絺绤。”

✿《周礼·地官·掌葛》：“掌以时征絺绤之材于山农。凡葛征，征草贡之材于泽农。”古时有征葛于民间之官。

【考证】

葛，复叶，小叶三尖，其花累累成穗，红紫色，其子色绿。纤维可织为布。葛为藤本，豆科。根富含淀粉，可食，可入药。《本草纲目》：“（葛）其根外紫内白，长者七八尺，其叶有三尖，如枫叶而长，面青背淡。其花成穗，累累相缀，红紫色。其荚如小黄豆荚，亦有毛。其子绿色，扁扁如盐梅子核，生嚼腥气，八九月采之。”《本草纲目》说的这种葛，正是现在花园里的紫藤。《救荒本草》言葛之状为：“苗引藤蔓，长二三丈，茎淡紫色。叶颇似楸叶而小，色青。开花似豌豆花，粉紫色。结实如皂荚而小。根形如手臂，味甘。”说的正是紫藤。葛，可以救荒，也可为庭院观赏植物。

葛可为屦，《传》：“葛屦，服之贱者。”《越绝书》载：“勾践种葛，使越女织治葛布，献于夫差。”白居易有诗：“天寒身上犹衣葛。”

荍 (qiáo)

(日) 毛利梅园 绘

【出处】

《陈风 · 东门之枌》： “视而如荍，贻我握椒。”

【注疏】

✿《传》："荍，芘芣也。"

✿《尔雅》："荍，蚍衃。"郭璞注："今荆葵也。似葵，紫色。"

✿陆疏："芘芣，一名荆葵，似芜菁，华紫绿色，可食，微苦。"

✿《本草图经》："蜀葵，似葵花，如槿花，有五色小花者名锦葵，即荆葵也。"

【考证】

荍即锦葵，二年生草本植物，初夏开花，花冠淡紫色，有紫脉。锦葵花可作庭园观赏花。《本草纲目》："（蜀葵）春初种子，冬月宿根亦自生苗，嫩时亦可茹食。叶似葵菜而大，亦似丝瓜叶，有歧叉。过小满后长茎，高五六尺。花似木槿而大。……《尔雅》谓……其花大如五铢钱，粉红色，有紫缕文。"

莱

(日) 细井徇 绘

【出处】

《小雅 · 南山有台》: “北山有莱。”

【注疏】

✿ 陆疏："莱，草名，其叶可食。今兖州人蒸以为茹，谓之莱蒸。"

✿《传》："莱，草也。"

✿《毛诗名物图说》："莱，藜，即红心灰藋，一年生草本，嫩苗可食，生田间、路边、荒地、宅旁等处。是清贫者常食的野菜。"藋音"调"。

【考证】

莱即藜、灰菜，俗称灰藋藋，属藜科藜属藜。

《本草纲目》："（莱）处处有之，即灰藋之红心者。茎叶稍大。河朔人名落藜，南人名胭脂菜，亦曰鹤顶草，皆因形色名也。嫩时亦可食，故昔人谓藜藿与膏粱不同。老则茎可为杖。"《救荒本草》："灰菜，生田野中，处处有之。苗高二三尺。茎有紫红线楞。……结青子，成穗者甘，散穗者微苦。"

莱之幼苗及嫩叶可食，全草可入药，种子可榨油。

萧

(日) 岩崎常正 绘

【出处】

《小雅 · 蓼萧》：“蓼彼萧斯。”

【注疏】

- 《尔雅》：“萧，萩。”郭璞注：“即蒿。”
- 《说文》：“萧，艾蒿也。”
- 陆疏：“今人所谓荻蒿者是也。或云牛尾蒿，似白蒿，白叶，茎粗，科生，多者数十茎。可作烛，有香气。故祭祀以脂爇之为香。许慎以为艾蒿，非也。”

【考证】

萧，荻也，非艾蒿。《说文》之释不妥。应从陆疏和《尔雅》。古人祭祀时用萧和油脂混合在一起点燃，类似今之香烛，爇以报气。

艾属菊科，多年生本草，茎、叶含芳香油，可作调香原料。《传》：“艾，所以疗疾。”干之可灸。《本草纲目》：“艾可乂疾，久而弥善，故字从乂。”又云：“医家用灸百病，故曰灸草。一灼谓之一壮，以壮人为法也。……二月宿根生苗成丛，其茎直生，白色，高四五尺。其叶四布，壮如蒿，分为五尖。”俗以五月五日连茎刈取，簪门以祛邪。艾不是祭祀所用的萧。宋陈与义诗曰：“何须更待秋风至，萧艾从来不共春。”

白茅

（日）细井徇 绘

【出处】

《召南·野有死麕》："白茅包之。"《小雅·白华》："白茅束兮。"

【注疏】

✿《易 · 大过》：“藉用白茅。”

✿陆疏：“白茅包之，茅之白者，古用包裹礼物，以充祭祀，缩酒用之。”

【考证】

白茅，多年生草本，春夏抽银白色丝状毛花穗，禾本科白茅属。

《埤雅》：“（茅）体柔而理直，又洁白，故先王用之以藉，亦以缩酒。”所谓“缩酒”，就是束茅立之祭前，沃酒其上，酒渗下去，若神饮之，称为缩酒。

《本草纲目》说茅有四种，其中“白茅短小，三四月开白花成穗，结细实。其根甚长，白软如筋而有节，味甘，俗呼丝茅，可以苫盖及供祭祀苞苴之用”。

白茅可救荒，可药用，古以供祭祀用。

纻（zhù）

（日）细井徇 绘

【出处】

《陈风 · 东门之池》：“可以沤纻。”

【注疏】

陆疏："纻，亦麻也。科生，数十茎。宿根在地中，至春自生，不岁种也。荆、扬之间，一岁三收。今官园种之，岁再割，割便生。剥之以铁，若竹刮其表，厚皮自脱。但得其里，韧如筋者。煮之用缉，谓之徽纻。今南越纻布皆用此麻。"

【考证】

纻者，苎麻，纻布。

《礼记·丧服大记》："绨、绤、纻不入。"孔颖达疏："纻是纻布。"所以苎麻作纻，可以绩纻，故名"纻"。陆德明《释文》："纻，字又作苎。"陶弘景曰："苎，即今绩苎麻是也。麻字从广，从林，象屋下林麻之形。"《救荒本草》曰："旧云，闽、蜀、江、浙多有之，今许州人家田园中亦有种者。皮可绩布。苗高七八尺，一科十数茎。叶如楮叶而不花叉，面青背白，上有短毛；又似苏子叶。其叶间出细穗，花如白杨而长，每一朵凡十数穗，花青白色。子熟茶褐色。其根黄白色，如手指粗，宿根地中至春自生，不须栽种。荆扬间岁三刈。剥其皮，以竹刀刮其表，厚处自脱，得里如筋者煮之，用缉布。"

按纻，属荨麻科苎麻属苎麻。可绩，可药，可救荒。

鹝

（日）高木春山 绘

【出处】

《陈风 · 防有鹊巢》：“邛有旨鹝。”

【注疏】

- 《尔雅》：“鷊，绶。”郭璞注：“小草有杂色，似绶也。”
- 陆疏：“鷊，五色作绶文，故曰绶草。”
- 欧阳修《诗本义》卷五：“绶草杂众色以成文，犹多言交织以成惑，义与贝锦同。”

【考证】

鷊，属兰科，植株高不及膝，其花在花茎上如旋梯拾级而上，犹如彩带。春夏之交，开粉红色至淡紫色花，花小巧玲珑，鲜艳美丽。

据《植物名实图考》，鷊亦称“盘龙参”，全草入药，治肺结核咯血，也可治糖尿病及毒蛇咬伤。

台

（日）细井徇 绘

【出处】

《小雅 · 南山有台》：“南山有台。”

【注疏】

✿《尔雅》：“台，夫须。”

✿陆疏：“台，夫须。旧说夫须莎草也。可为蓑笠。《都人士》云：‘台笠缁撮。’或云台草有皮坚细滑致，可为簦笠。南山多有。”缁撮，缁布冠，其制小，仅可撮其髻。

✿《唐本草》：“此草根名香附子，一名雀头香。”

【考证】

台，不是三棱，是莎草。台属莎草科，多年生草本，其苗、茎、叶都似三棱子草。

《本草纲目》：“三棱多生荒废陂池湿地，春时丛生，夏秋抽高茎，茎端复生数叶，开花五六枝，花皆细碎成穗，黄紫色，中有细子。其叶茎花实俱有三棱，并与香附苗叶花实一样，但长大尔。其茎光滑三棱，如棕之叶茎。茎中有白穰，剖之织物，柔韧如藤。”

台草属至今约有 2000 种，中国有 500 种。台草坚细，可用来编织蓑、笠。

茹藘（rú lǘ）

（日）岩崎常正 绘

【出处】

《郑风·东门之墠》：“茹藘在陂。”

【注疏】

✿《尔雅》：“茹藘，茅蒐。”郭璞注：“今之蒨也。可以染绛。”

✿陆疏：“茹藘，茅蒐，蒨草也。一名地血，齐人谓之茜，徐州人谓之牛蔓。今圃人或作畦种莳。故《货殖传》云：‘卮茜千石，亦比千乘之家。’”

✿《毛诗名物图说》引蜀本《图经》：“染绯草。叶似枣叶，头尖下阔。茎叶俱涩。四五叶对生节间。蔓延草木上。根紫赤色，今所在有，八月采根。”

【考证】

茹藘，蒨草，一名茜草。草之盛者为蒨，牵别为茹，连覆为藘，故名。古代设有专管染草之官。

《品物图考》曰：“茜，一作蒨，方茎，蔓生，叶似枣，每节四五叶对生，至秋开花，结实如小椒。”茜的紫赤色的根部含茜素和茜草酸，入矾煮染可染绛，专供染御服之用。古代设有专管染草之官。

茜，根紫、茎红、叶绿，属茜草科。茜入药可治衄血、便血、尿血、吐血、崩漏诸病，人称“血见愁”。

菅（jiān）

（日）细井徇 绘

【出处】

《陈风·东门之池》：“东门之池，可以沤菅。”

【注疏】

✿《山海经 · 中山经》：“吴林之山，其中多葌草。”吴林之山在今山西省平陆县境内。葌同菅，菅茅。

✿《传》：“白华，野菅也，已沤为菅。”

✿《尔雅》：“白华，野菅。”郭璞注：“菅，茅属。”

✿陆疏：“菅，似茅，而滑泽无毛。根下五寸中有白粉者柔韧，宜为索沤，及暴，尤善也。”

【考证】

菅，据《传》和《尔雅》，未沤者为野菅，已沤者异其名为菅。《左传 · 成公九年》“逸诗”曰：“虽有丝麻，无弃菅蒯。”其中白华者俗名白芒，即菅；黄华者俗名黄芒，即蒯。菅与茅不同，茅春时花，菅秋时花。

菅为多年生草本植物，属禾本科，茎长二三尺，叶多毛，细长而尖，秋开花青白色，果实上有长芒。其嫩叶可为饲料，茎叶纤维可造纸、制绳、编鞋、作炊帚。宋代范祖禹：“菅以为屦。”是说菅可编草鞋。菅还可以作草席。古“芒鞋布衣”，指平民。芒鞋，草鞋。

菅之根可入药，称白茅根，可清热凉血、祛风湿、利小便。

蔹（liǎn）

（日）细井徇 绘

【出处】

《唐风 · 葛生》：“蔹蔓于野。”

【注疏】

✿《传》：“蔹生蔓于野。”

✿陆疏：“蔹似栝楼，叶盛而细。其子正黑，如燕薁，不可食也。幽州人谓之乌服。其茎叶煮以哺牛，除热。”

【考证】

蔹是葡萄科藤本植物的泛称，以果熟时之颜色，而有白、赤、乌之称。此诗中按陆疏当为乌蔹莓。乌蔹莓之叶为五枚，分歧成鸟足形，称“五爪龙”。

《本草纲目》曰：“（乌蔹）结实大如龙葵子，生青熟紫，内有细子。其根白色，大者如指，长一二尺，捣之涎滑。”蔹全草入药，凉血解毒，消肿利尿，治风湿、痈疽、尿血等症。

蔚（wèi）

（日）岩崎常正 绘

【出处】

《小雅 · 蓼莪》：“匪莪伊蔚。”

【注疏】

✿《尔雅》："蔚，牡菣。"郭璞注："无子者。"菣者蒿，牡菣为雄蒿，故无子。

✿陆疏："蔚，牡蒿也。三月始生，七月花。花似胡麻而紫赤。八月为角，角似小豆角锐而长。一名马新蒿。"

【考证】

蔚，牡菣也，有二种，一为齐头蒿，一为马新蒿。古谓之雄蒿，即无子者。菣音"沁"。日本细井徇所绘的是齐头蒿，陆玑只说马头蒿。《唐本草注》及《本草纲目》都提到齐头蒿。

蔚属菊科，多年生草本，植株有香气。其花细黄，子如车前子，细小，隐于总苞内，不易见，古人误以为无子，称为"牡蒿"。蔚为鹿食的九草之一。蔚可入药，主充肌肤，益气。

苌楚（cháng chǔ）

（日）岩崎常正 绘

【出处】

《桧风·隰有苌楚》：“隰有苌楚，猗傩其枝。”

【注疏】

✿《尔雅》:“苌楚,铫芅。”郭璞注:“今羊桃也,或曰鬼桃。叶似桃,华白,子如小麦,亦似桃。铫,音姚,芅,音亦。”

✿陆疏:“苌楚,叶长而狭,花紫赤色。其枝茎弱,过一尺引蔓于草上。”

✿《集解》:“羊桃生平泽中,处处有之,苗长而弱,不能为树。叶花皆似桃,子细如枣核,今人呼为细子。”

【考证】

苌楚,从古注可以看出,非今之猕猴桃,即羊桃也,羊桃也作阳桃。羊桃二月采,猕猴桃八月熟,何为一物?《本草纲目》列羊桃在草部,列猕猴桃在果部,可证非为一物。李时珍说猕猴桃“其型如梨,其色如桃,而猕猴喜食,故有诸名。闽人呼为阳桃”。阳桃未必为猕猴桃。《本草纲目》引寇宗奭《本草衍义》曰:“今陕西永兴军南山甚多。枝条柔弱,高二三丈,多附木而生。其子十月烂熟,色淡绿,生则极酸。子繁细,其色如芥子。浅山傍道则有存者,深山则多为猴所食矣。”寇宗奭说的正是今之猕猴桃。

苌楚即羊桃,为草本,不是今之藤本猕猴桃。诸书以苌楚为猕猴桃,当误。

芄兰

（日）岩崎常正 绘

【出处】

《卫风 · 芄兰》：“芄兰之支。”

【注疏】

✿《尔雅》："藋，芄兰。"郭璞注："蔓生，断之有白汁，可啖。"

✿陆疏："芄兰，一名萝藦。幽州人谓之雀瓢。蔓生，叶青绿色而厚。断之，有白汁。煮为茹，滑美。其子长数寸，似瓠子。"

【考证】

陶弘景曰："萝藦作藤生，摘之有白乳汁，人家多种之，叶可生啖，可正食之。"萝藦即芄兰。芄兰属萝藦科，多年生草质藤本，具乳汁，叶腋生有总状花序，内有多数种子，种子上端有白色绒毛。终南山北麓荒地中多有之。

《本草纲目》："（芄兰）三月生苗，蔓延篱垣，极易繁衍。其根白软。其叶长而后大前尖。根与茎叶，断之皆有白乳如构汁。六七月开小长花，如铃状，紫白色。结食长二三寸，大如马兜铃，一头尖。其壳青软，中有白绒及浆。"

芄兰种子上的白毛可代棉花，妇人以布蓄之可作针插，故芄兰一名"婆婆针线包"。芄兰可入药，根治跌打损伤、蛇咬，种子绒毛可止血。茎皮纤维可造绳索。

稂（láng）

（日）岩崎常正 绘

【出处】

《曹风 · 下泉》：“冽彼下泉，浸彼苞稂。”

【注疏】

✿《传》："稂，童粱。"

✿《尔雅》同《传》。郭璞注："稂，莠类也。"

✿ 陆疏："稂，童粱。禾秀为穗而不成，崱嶷然，谓之童粱。今人谓之宿田翁，或谓守田也。《大田》云'不稂不莠'，《外传》曰'马不过稂莠'，皆是也。"

✿《本草拾遗》："狼尾草子作黍食之，令人不饥。"

✿《史记》："其卑湿则生藏稂。"

【考证】

稂是草，而不是杂草，有籽。稂属禾本科，多年生草本，高可达一米。按稂，俗名狼尾草。似狗尾草而粗壮。不孕小枝刚毛状，呈紫色，包围小穗成熟后小穗和刚毛一起脱落。稂结食和粟一样，可救荒，稂子可食。

蓫（zhú）

（日）细井徇 绘

【出处】

《小雅·我行其野》：“言采其蓫。”

【注疏】

《传》:“蓫,恶菜也。”

陆疏:“蓫,牛蘈。扬州人谓之羊蹄。似芦菔而茎赤,可瀹为茹,滑而美也。多啖令人下气。幽州人谓之蓫。”

《尔雅》:“藬,牛蘈。”郭璞注:“今江东呼草为牛蘈者,高尺余许。方茎,叶长而锐,有穗。穗间有华,华紫缥色,可淋以为饮。”

【考证】

蓫、藬、蓄、牛蘈为一物。《图经》描述蓫之状为:“生下湿地,春生苗,高三四尺。叶狭长,颇似莴苣而色深。茎节间紫赤。花青白,成穗。子三棱,有若茺蔚。夏中即枯,根似牛蒡而坚实。”此说与郭注有异。《本草纲目》:“羊蹄以根名,牛舌以叶名,秃菜以治秃疮名也。”

蓫属蓼科,多年生草本,一名金不换,一名野萝卜。可救荒。《救荒本草》曰:“苗初搨地生,后擗生茎叉,高二尺余。其叶狭长,颇似莴苣而色深青。又似大蓝叶微阔,茎节间紫赤色,其花青白成穗。其子三棱,根似牛蒡而坚实,味苦。”蓫的药用,可治疥疮及女子阴蚀。

蓬

(日) 岩崎常正 绘

【出处】

《召南 · 驺虞》：“彼茁者蓬。”

【注疏】

✿《传》："蓬，草名。"

✿《埤雅》："其叶散生，末大于本，故遇风辄拔而旋。虽转徙无常，其相遇往往而有，故字从逢。"

【考证】

蓬，属菊科，二年生草本，高可达50厘米，上部分枝，茎有棱，密生粗毛。叶互生，倒披针形。头状花序，似菊。全世界有蓬类200种以上，中国有35个品种。

《淮南子·说山训》："见飞蓬转而知为车。"这是说，古人受飞蓬的启发而造车。古文人以飞蓬喻人之行踪不定或颠沛流离。

荠

（日）细井徇 绘

【出处】

《邶风 · 谷风》：“谁谓荼苦，其甘如荠。”

【注疏】

✿《尔雅》：“蒫，荠菜。”蒫，荠菜籽。郭璞注：“荠子味甘。”

✿《本草经集注》：“荠味甘。人取其叶作菹及羹，亦佳。其子别名蒫。”

✿《春秋繁露》：“荠以冬美，而荼以夏成。”

【考证】

荠，属十字花科荠属，一年或二年生草本，一种有甜味的野菜，花小，白色，全草可食。

《农政全书》：荠“苗搨地而生，作锯齿叶，三四月出葶，分茎叉。梢上开小白花，结子小”。又曰：“苗叶味甘。”唐时，每到立春，人们用荠菜为馅做春饼互赠，以为礼品。

《本草纲目》：“荠生济泽，故谓之荠。释家取其茎作挑灯杖，可辟蚊蛾，谓之护生草，云能护众生也。”荠菜富含维生素和无机盐，营养价值很高，亦可入药，《食疗本草》说荠菜可补五脏不足，《本草纲目》说可明目益肝。荠菜可以作羹，陆游曰：“有食荠糁甚美，盖蜀人所谓东坡羹也。”

苓

(日) 细井徇 绘

【出处】

《邶风 · 简兮》：“山有榛，隰有苓。”

【注疏】

✿《尔雅》：“蘦，大苦。”

✿《传》：“苓，大苦。”

【考证】

据《尔雅》，蘦是苓吗？大苦何物？唐石经《简兮》只言苓，而未及蘦，以蘦释苓须再思；郭璞释苓为甘草，妥否？又据其生长环境，《简兮》中之苓喜湿，而《采苓》中之苓喜阳，二苓非一物。

沈括《梦溪笔谈》：苓“此乃黄药也，其味极苦，故谓之大苦，非甘草也”。明确指出苓为大苦。宋苏颂《本草图经》亦以苓非甘草。《本草纲目》曰：“《尔雅》蘦大苦之注为甘草者，非矣。郭璞之注，乃黄药也，其味极苦，故谓之大苦，非甘草也。”又曰：“郭说形状殊不相类，沈说近之。”也认为苓为大苦，而不是甘草。然《辞海》、《辞源》、《十三经辞典》、朱熹、细井徇等，皆以苓为甘草。苓，待考。

谖（xuān）

（日）细井徇 绘

【出处】

《卫风·伯兮》：“焉得谖草？言树之背。”

【注疏】

- 《说文》:“谖,诈也。”
- 《广雅》:“谖,欺也。”

【考证】

谖为草名,《伯兮》之谖草是也。诈、欺为转意。按谖、萱、萲,三字通。谖,属百合科萱草属萱草,不是黄花菜。李九华《延寿书》云:“嫩苗为蔬,食之动风,令人昏然如醉,因名忘忧。”谖成了忘忧草。周处《风土记》:“怀妊妇人佩其花,则生男,故名宜男。”

谖草之形状,李时珍说:“萱宜下湿地,冬月丛生。叶如蒲、蒜辈而柔弱,新旧相代,四时青翠。五月抽茎开花,六出四垂,朝开暮蔫,至秋深乃尽,其花有红黄紫三色。结实三角,内有子大如梧子,黑而光泽。其根与麦门冬相似,最易繁衍。”《救荒本草》亦云:“人家园圃中多种。其叶就地丛生,两边分垂,叶似菖蒲叶而柔弱;又似粉条儿菜叶而肥大。叶间撺葶,开金黄花,味甘,无毒。”

萱草入药治小便赤涩,大便后血诸症。文人们喜欢萱草,曹植《宜男花颂》:“草号宜男,既晔且贞。”傅玄《宜男花赋》:“花曰宜男,号应祯祥。”

莞（guān）

（日）细井徇 绘

【出处】

《小雅·斯干》：“下莞上簟。”

【注疏】

✿《笺》："莞，小蒲之席也。竹苇曰簟。"

✿《集传》："莞，蒲席也。竹苇曰簟。"

✿《尔雅》："莞，苻蓠。其上蒚。"郭璞注曰："今西方人呼蒲为莞蒲。""今江东谓之苻蓠。"

【考证】

莞，多年生草，植于水田。又名水葱。茎高五六尺，纤细而圆。而蒲之叶非管状，不似葱叶。这就是蒲与小蒲之别。所以莞即莞蒲，圆形，所织之席也称莞。

莞属莎草科藨草属，俗名水葱，形挺立，别有韵味。茎秆可织席和编草包等，茎根可入药，有清凉利尿的功效。

黍（shǔ）

（日）细井徇 绘

【出处】

《王风 · 黍离》：“彼黍离离，彼稷之苗。”

【注疏】

✿《礼记·曲礼下》："黍曰芗合。"孔颖达疏："夫谷秫者曰黍，秫既软而相合，气息又香，故曰芗合也。"

✿《说文》："黍，禾属而黏者也。以大暑而种，故谓之黍。"

✿《诗缉》："黍有二种：黏者为秫，可以酿酒；不黏者为黍。如稻之有秔、糯耳。"

【考证】

黍，夏种，为秋田作物。其性黏。而稷，《尔雅》："粢，稷。"郭璞注："今江东呼粟为粢。"看来稷、粟、粢为一物。苏恭说："楚人谓之稷，关中谓之糜，呼其米为黄米。"苏恭认为稷就是关中的糜子。《集传》："黍，谷名。苗似芦，高丈余，穗黑色，实圆重。"黍应该是高粱。程瑶田《九谷考》："黍，今称黄米、黏米；稷，高粱。"与朱熹之说相反，以黍为高粱，以稷为糜子。"黍"字虽然载录于甲骨文，但为今之何物，没有定论。黍性既黏，即今之糜子。

麻

(日) 细井徇 绘

【出处】

《王风 · 丘中有麻》："丘中有麻。"

【注疏】

✿《尔雅》："黂，枲实。"郭璞注曰："《礼记》曰：苴麻之有黂。"黂，大麻的籽。邢昺《疏》曰："枲，麻也。黂者，即麻子名也，故云：黂，枲实也。"麻，一名枲，故郭云别二名。苴麻之盛子者，一名荸，一名麻母。

✿《尔雅翼》："然麻之属，总名麻。别而言之，则有实者别名苴，无实者别名枲。子夏《丧服传》曰：'苴绖者，麻之有蕡者也；牡麻者，枲麻也。'蕡即实也，牡即无实之名也，然此类亦通名麻枲。"这里是说"苴"为麻的雌株，"枲"为麻的雄株，"蕡"为麻籽。

【考证】

麻，一年生直立草本。关于麻的形状，《救荒本草》曰：麻"苗高四五尺，茎有细线楞，叶形状似柳叶，而边皆有叉牙锯齿，每八九叶攒生一处；又似荆叶而狭，色深青。开淡黄白花，结实小如绿豆粒而扁"。

麻，可绩可食。《集传》："麻，谷名。子可食，皮可绩为布者。"麻之花、果实和果壳可分别入药，叶含麻醉性树脂，有致幻作用。《梦溪笔谈》曰，汉麻称大麻；张骞从大宛带回之麻为油麻或胡麻，也是麻的一种。

莠（yǒu）

（日）细井徇 绘

【出处】

《齐风 · 甫田》：“无田甫田，维莠骄骄。”

【注疏】

- 《尚书 · 仲虺之诰》：“若苗之有莠。”
- 《国语 · 鲁语上》：“马饩不过稂莠。”饩，赠送的饲料。

【考证】

莠，禾本科，俗名狗尾草。一年生禾本，高可达 90 厘米。有颖果，灰白色，非无实。

《国语 · 鲁语上》韦昭注：“莠草似稷而无实。”莠为田中杂草。孔子曰：“恶莠，恐其乱苗也。”莠之茎叶似苗。莠即不实，故言之不实者称“莠言”，《小雅 · 正月》“莠言自口”是也。

莠为优良牧草，全草可入药，可祛风明目，清热利尿，治目赤等症。元稹诗曰：“曾经铸农器，利用翦稂莠。”

苴（jū）

（日）岩崎常正 绘

【出处】

《豳风 · 七月》：“九月叔苴。”

【注疏】

✿《说文》："苴，履中草。"

【考证】

苴，有三义：其一，为麻的雌株。其二，为一种可食的麻籽，《豳风·七月》："九月叔苴。"叔者，拾取。苴即为麻子。其三，为履中草，是为履中藉也。

关于苴草，张岱《夜航船》载，苴草广西产，状如茅，食之令人多寿。暑月置盘筵中，蝇蚊不近，物亦不速腐。宋代王洋诗曰："不知方雨地，无计脱苞苴。"

稂莠（láng yǒu）

稂（日）岩崎常正 绘
莠（日）细井徇 绘

【出处】

《曹风·下泉》：“浸彼苞稂。”《齐风·甫田》：“维莠桀桀。”

【注疏】

✿《毛传》：“稂，童粱也。莠，似苗也。”

✿《本草纲目》：“莠草秀而不实，故字从秀。穗形象狗尾，故俗名狗尾。”

【考证】

《本草纲目》以莠为狗尾草，又以莠为“公禾”。莠者，优良牧草，既耐旱，又耐贫瘠、盐碱，生存力极强，能作饲料又能入药。只因为它危害庄稼，故为恶物丑类，“莠言”亦为丑语。东汉王符《潜夫论》：“养稂莠者伤稼禾，惠奸宄者贼良民。”韩愈《平淮西碑》：“稂莠不薅。”将稂莠与稼禾对等看。

关于稂，郭璞注为莠类，又言：“盂，稂尾。”所以，盂即稂，即狼尾草。穗长多毛，穗长 5 至 15 厘米，颖果灰白色，全草及种子皆可入药。

稻

（日）岩崎常正 绘

【出处】

《豳风 · 七月》：“八月剥枣，十月获稻。”

【注疏】

- 《周颂·丰年》：“丰年多黍多稌。”
- 《尔雅》：“稌，稻。”郭璞注：“今沛国呼稌。”

【考证】

稌、稻为一物。沛国将稻分为糯、秔两种。《字林》以糯为黏稻，以秔为稻之不黏者。秔，也作粳、稉，不黏之稻。《本草纲目》以粳米、稻米为二物。《说文》以稌、稻为糯。说法不一。按，稻有粳、糯二种，“糯米”白如霜，粒圆，黏，可作酒；粳米不黏，煮饭，《论语》“食夫稻”是也。

稻属禾本科一年生草本。据考古资料，稻在中国已有至少7000年的栽培历史，今为中国人的主粮之一。

梁

(日) 岩崎常正 绘

【出处】

《唐风 · 鸨羽》：“不能蓺稻粱。”

【注疏】

✿《太平御览》卷八三七晋杨泉《物理论》：“粱者，黍稷之总名；稻者，溉种之总名；菽者，众豆之总名。三谷各二十种，为六十。蔬果之实，助谷各二十，凡为百谷。故《诗》曰：‘播厥百谷。’”

【考证】

粱，属禾本科一年生草本。苏恭曰：“粱分黄、白、青数种，相类有别。”日本诸学者所绘的粱图，乃今之谷子，子为小米者。据考古发掘，新石器时代的黄河流域就有粱之栽培。今陕西北部盛产粱，称“谷子”，米称“陕北小米”。

蓍（shī）

（日）岩崎常正 绘

【出处】

《曹风·下泉》："浸彼苞蓍。"

【注疏】

✿ 陆疏：“似藾萧，青色，科生。”科生，丛生。

✿《说文》：“蓍，蒿属，生千岁三百茎，《易》以为数。天子蓍九尺，诸侯七尺，大夫五尺，士三尺。”

✿《博物志》卷九：“蓍一千岁而三百茎，其本以老，故知吉凶。蓍末大于本为上吉。”

✿《史记》：“蓍百茎共一根。又其所生，兽无虎狼，草无毒螫。”

【考证】

蓍，属菊科多年生草本，茎直立，被柔毛，叶无柄，古人用蓍草卜吉凶。簇生五十茎以上者称灵蓍。蓍草又称锯齿草、蚰蜒草，用分根或种子繁殖。

蓍可全草入药，用治风湿疼痛及毒蛇咬伤。其茎叶含芳香油，可作调香原料。庭园可栽培以供观赏。白居易诗曰：“赠君一法决狐疑，不用钻龟与祝蓍。”

薁（yù）

（日）细井徇 绘

【出处】

《豳风 · 七月》：“六月食郁及薁。”

【注疏】

《传》：“薁，蘡薁也。”

《本草纲目》：“蘡薁野生林墅间，亦可插植。蔓叶花实，与葡萄无异。其实小而圆，色不甚紫也。《诗》云：六月食薁，即此。其茎吹之，气出有汁，如通草也。”

【考证】

蘡薁，就是中国的葡萄。

《救荒本草》：“葡萄，生陇西、五原、敦煌山谷及河东，旧云汉张骞使西域得其种，还而种之，中国始有。盖北果之最珍者，今处处有之。苗作藤蔓而极长大，盛者一二本绵被山谷。叶类丝瓜叶，颇壮而边多花叉。开花极细而黄白色。其实有紫白二色，形之圆锐亦二种；又有无核者。味甘，性平，无毒。”《救荒本草》将北果葡萄和中土的薁的形状和区别说得很清楚，只是中国唤薁为千岁蘽，不唤葡萄而已。按，葡萄属葡萄科葡萄属葡萄，而蘡薁属葡萄科葡萄属蘡薁，同科同属不同种而已。所以蘡薁乃中国葡萄，而葡萄乃北果。薁可入药，可酿酒。可利小便，解肿毒，治黄疸、湿痹等症。

葵

(日）岩崎常正 绘

【出处】

《豳风 · 七月》：“七月亨葵及菽。”

【注疏】

✿《集传》：“葵，菜名。菽，豆也。”

【考证】

葵有冬、春、秋之异。《诗》之葵为冬葵，也叫冬苋菜。葵以嫩叶为菜。葵、韭、薤、葱、藿在古代被列为五菜。

王祯《农书》称冬葵为“百菜之主”。贾思勰《齐民要术》列冬葵为蔬菜类第一篇，所谈栽培方法至细。曹植曰：“若葵藿之倾叶，太阳虽不为之回光。”葵菜贱，故今人不以葵叶为主菜。《救荒本草》曰：“冬葵子是秋种葵，覆养经冬，至春结子，故谓冬葵子。生少室山，今处处有之。苗高二三尺，茎及花、叶似蜀葵而差小。”

按葵，属锦葵科锦葵属冬葵，葵遍布全国，常逸生为杂草。今已少为人食用、药用。葵可入药，其药用更胜于食用。《本草纲目》引唐王焘《外台秘要》云：“天行斑疮，须臾通身，皆戴白浆，此恶毒气也。高宗永徽四年，此疮自西域东流于海内。但煮葵菜叶以蒜齑啖之，则止。”

韭

（日）岩崎常正 绘

【出处】

《豳风 · 七月》：“四之日其蚤，献羔祭韭。”

【注疏】

- 《说文》："一穜而久者，故谓之韭。"
- 《论衡》："地性生草，山性生木。如地种葵韭，山树枣栗。"

【考证】

《诗》之意是夏历二月取冰上祭，献上韭菜和羔羊。《续资治通鉴》太宗淳化三年："辛酉，令有司以二月开冰，献羔祭韭。"即是证。孔颖达疏曰："四之日其蚤朝，献黑羔于神。"《夏小正》亦曰："祭韭也，囿有见韭。"韭，久也，永生，故《礼》以祭宗庙。《齐民要术》："韭高三寸便翦之，翦如葱法。一岁之中不过五翦。"祭韭是古礼。

韭，属百合科，多年生宿根草本。叶细长扁平而柔软，翠绿色，分蘖力强。夏秋抽花茎，顶端集生小白花，伞形花序。种子黑色。韭原产亚洲东部，今处处有之。韭之叶作蔬菜；种子入药，可温肾阳、强腰膝，还治遗尿、带下等症。

瓜

(日) 岩崎常正 绘

【出处】

《豳风 · 七月》： “七月食瓜。”

【注疏】

✿《埤雅》：瓜“制字象其实在须蔓之间”“性少延辄腐”。

【考证】

瓜，葫芦科植物，可作蔬菜水果，还可作杂粮和饲料。《诗》中之瓜当是一种小瓜。

欧阳修《新五代史》：“自上京东去四十里，至真珠寨，始食菜。明日东行，地势渐高，西望平地，松林郁然数十里。遂入平川，多草木，始食西瓜。云契丹破回纥得此种，以牛粪覆棚而种，大如中国冬瓜而味甘。”据考古发掘，在埃及的古墓中发现有西瓜籽及西瓜叶子，似可证明西瓜原产于非洲。西瓜可食可入药，瓜汁及瓜皮（翠衣）可清暑解热。

芩（qín）

（日）细井徇 绘

【出处】

《小雅·鹿鸣》：“食野之芩。”

【注疏】

- 陆疏：芩“茎如钗股，叶如竹，蔓生泽中下地咸处，为草贞实，牛马亦喜食之”。
- 《辞海》：“芩，植物名。或谓即禾本科芦苇属植物。”

【考证】

日本细井徇《诗》图中，芩之茎端有五穗，茎如钗股，叶如竹。元李衎《竹谱》称芩为竹头草，望之如竹丛。古人释芩，有六说，分别是蒿、黄芩、芩草、水芩、石斛、芦苇等。依细井徇《诗》图、陆疏、《竹谱》等，《诗》中“芩”当如细井徇之芩图。

堇

（日）细井徇 绘

【出处】

《大雅 · 绵》：“周原膴膴，堇荼如饴。”

【注疏】

✿《尔雅》：“䕲，苦堇。”

【考证】

堇，一名旱芹，俗称堇堇菜，茎高尺许，叶阔，夏日开花，花淡紫色，茎叶味苦，浸渍后甘而滑。正如《礼记·内则》说的“滑之”。

朱熹等释“堇荼如饴”之堇为乌头，即药类。非《诗》之本意。《唐本草》：“堇菜野生，非人所种，叶似蕺，花紫色。”搨地生，叶似铍箭头样，而叶蒂甚长。其后叶间撺葶，开紫花。结三瓣蒴儿，中有子，如芥子大，茶褐色，叶味甘。说的正是《诗》中之堇。堇，堇菜属堇菜科如意草。盖其花形如“如意”之故。

果蠃（luǒ）

（日）细井徇 绘

【出处】

《豳风 · 东山》：“果蠃之实，亦施于宇。”

【注疏】

✿《尔雅》：“果赢之实，栝楼。”郭璞注：“今齐人呼之为天瓜。”

✿《毛诗名物图说》引《图经》：果赢“所在有之，三四月生苗，引藤蔓，叶作叉，有细毛。七月开花，浅黄色。结实在花下，大如拳，生青。九月熟，赤黄色。有正圆者，有锐而长者。根名白药”。

【考证】

《唐本草》：“栝楼似瓜，叶形两两相值。蔓生，青黑色。六月华，七月实，如瓜瓣是也。”许慎云：“本上曰果，地下蓏。此物蔓生附木，故得兼名。”是说果赢既可名瓜，又可名蓏，故兼名曰果赢。

栝楼属葫芦科栝楼属栝楼，多年生光滑藤本，块根圆柱形。根中含有一种蛋白，名“天花粉蛋白”，有抗菌、抗癌作用。可治胸痹，悦泽人面。此外，天花粉蛋白可引产，治恶性葡萄胎、绒癌。栝楼之茎叶也可入药，清芬凉爽，治中热伤暑。栝楼根可救荒。

芹

(日) 岩崎常正 绘

【出处】

《小雅 · 采菽》：“觱沸槛泉，言采其芹。”

【注疏】

《尔雅》："芹，楚葵。"郭璞注："今水中芹菜。"

【考证】

芹为民间菜蔬，食之如甘。《吕氏春秋》云："菜之美者，云梦之芹。"芹以楚地者美，故曰楚葵。嵇康在《与山巨源绝交书》中说："野人有快炙背而美芹子者，欲献之至尊，虽有区区之意，亦已疏矣，愿足下勿似之。"芹为民间菜，尊者非之。

《救荒本草》说芹，一名水英。出南海池泽，今水边多有之。根茎离地二三寸，分生茎叉，其茎方，窊面四楞。对生叶，似痢苋菜叶而阔短，边有大锯齿；又似薄荷叶而短。开白花，似蛇床子花。芹可救荒，发英时采之，煠熟食。芹有两种，秋芹取根，白色，赤芹取茎叶，并堪食。又有渣芹，可为生菜食之。朱橚所说的南海，即今广东的番禺。水芹为伞形科水芹属，可食，可药。水芹清热凉血、利尿消肿，可治高血压、暴执烦渴、水肿、痄腮等症。

蓼（liǎo）

（日）岩崎常正 绘

【出处】

《周颂·良耜》："收薅荼蓼。"

【注疏】

- 《传》：“蓼，水草也。”
- 陆疏：“蓼之生水泽者也。”
- 《尔雅义疏》：“蓼有数种，而皆水生。”
- 《唐本草》：“水蓼生下隰水旁，茎赤色。”
- 《尔雅》：“蔷，虞蓼。”郭璞注：“虞蓼，泽蓼。”

【考证】

蓼属蓼科，一年生草本，生沼泽及河边湿地。茎节膨大，托叶鞘状，抱茎。花淡红色或白色，穗状花序或头状花序。瘦果三角形或两面凸起，密被小点。《诗》中的蓼即水蓼、泽蓼、虞蓼、蔷。《正义》和《集传》都说蓼是辛苦之菜，故而《本草纲目》曰：“古人种蓼为蔬，收子入药。故《礼记》烹鸡豚鱼鳖，皆实蓼于其腹中，而和羹脍亦须切蓼也。后世饮食不用，人亦不复栽，惟造酒曲者用其汁耳。”水蓼的茎叶辛辣，古以为调味食料。五辛者，葱、蒜、韭、蓼、芥。蓼为其一。

孔颖达以蓼为秽草。水蓼根和实可入药，化湿行滞、祛风消肿，可治痧秽腹痛、泄泻痢疾、子宫出血等，是为有用之本草。

蓝

（日）岩崎常正 绘

【出处】

《小雅·采绿》："终朝采蓝。"

【注疏】

- 《笺》：“蓝，染草也。”
- 《正义》：“以蓝可以染青，故《淮南子》云青出于蓝。”

【考证】

《通志》云蓝有三种，蓼蓝，染绿；大叶如芥，染碧；槐蓝如槐，染青。三蓝皆可作靛，色成胜母，故曰“青出于蓝而胜于蓝”。

蓝可入药，蓝可作蓝靛。古之关中乡镇多染坊，均以蓝靛为染料。

茨

（日）岩崎常正 绘

【出处】

《鄘风·墙有茨》：“墙有茨。”

【注疏】

✿《周易·困卦》：“困于石，据于蒺藜。”

✿《毛诗名物图说》引寇宗奭《本草衍义》：“蒺藜有二种，一种杜蒺藜，即今道旁布地而生，或生墙上，开小黄花，结芒刺；一种白蒺藜，出同州沙苑牧马处，黄紫花，作荚，结子如羊内肾，大如黍粒。”

【考证】

茨，属蒺藜科一年生草本。又名旁通、屈人、止行。英格兰侵略苏格兰时，因苏格兰地多蒺藜而止行。

《本草纲目》：“蒺，疾也；藜，利也；茨，刺也。其刺伤人，甚疾而利也。”茨味苦性温，能散风、明目、行血。

菽（shū）

（日）岩崎常正 绘

【出处】

《豳风·七月》："七月亨葵及菽。"

【注疏】

- 《广雅》：“大豆，尗也。小豆，荅也。”尗同菽。豆角谓之荚，叶谓藿。
- 《物理论》：“菽者，众豆之总名。”
- 《尔雅》：“戎叔谓之荏菽。”郭璞注：“即胡豆也。”
- 《传》：“荏菽，戎菽也。”
- 《笺》：“菽，大豆也。”

【考证】

按菽，属蝶形花科，一年生直立草本。古代称“菽”，汉以后称“豆”。戎菽、荏菽，都是大豆。

《诗经》中有七首提到菽或荏菽。菽在中国的栽培史有5000多年，是中国人的主要油料作物和经济作物。可食，可入药。

笋

（日）细井徇 绘

【出处】

《大雅·韩奕》：“维笋及蒲。”

【注疏】

✿《尔雅》：“笋，竹萌。”郭璞注：“初生者。”

✿ 陆疏：“皆四月生，惟巴竹笋八九月生。始出地长数寸，鬻以苦酒、豉汁浸之，可以就酒及食也。”

✿《毛诗名物图说》引《笋谱》：“竹初种，根食土而下，求乎母也。及擢，笋冒土而上，爱乎子也。笋大约不过青绿色。”

【考证】

竹笋，多年生禾本科，笋可食可为药。

袁枚《随园食单》中有笋脯、玉兰片、人参笋等，皆笋制品。

笋味甘、微寒，有清热化痰、益气和胃的作用。

来牟（móu）

（日）细井徇 绘

【出处】

《周颂·思文》：“贻我来牟。”

【注疏】

- 《传》："牟，麦。"
- 《集传》："来，小麦。牟，大麦也。"
- 《说文》："一来二缝。象芒朿之形，天所来也。"

【考证】

关于大麦、小麦和来、牟的关系，古今说法不一。《说文》只说"麦是芒谷，秋种后埋，故谓之麦"。《礼记》和《吕氏春秋》也只言麦，没有大小之别。至《名医别录》则有大小之分。《天工开物》云："小麦曰来，麦之长也。"汉唐之后，"麦"均指小麦，"大麦"为牟。

按麦，属禾本科，一年或越年生草本，秆直立，分蘖后丛生，高 60 至 100 厘米，叶披针形。籽实是中国人的主要粮食。麦有小麦、大麦、燕麦、黑麦之分，各有所用。麦可入药，孙思邈提到，麦养心气，故可除烦、止渴、收汗、利溲、止血、治心病。

葽（yāo）

（日）高木春山 绘

【出处】

《豳风 · 七月》：“四月秀葽。”

【注疏】

❀《尔雅》：“葽绕，蕀蒬。”郭璞注：“今远志也。似麻黄，赤华，叶锐而黄，其上谓之小草。”

❀《广雅》：“蕀苑，远志也。”

❀《博物志》：“远志，苗曰小草，根曰远志。”

【考证】

诸书皆以葽为“远志”。远志，为草药名。《本草纲目》载，此草服之能益智强志，故名“远志”。

晋时言远志，未言葽。据《世说新语·排调》：“于时人有饷桓公药草，中有远志。公取以问谢：此药又名小草，何一物而有二称？谢未即答。时郝隆在坐，应声答曰：此甚易解。处，则为远志。出，则为小草。”

葽，味辛苦性温。有补心安神、散郁化痰之功。

唐

（日）岩崎常正 绘

【出处】

《鄘风 · 桑中》：“爰采唐矣。”

【注疏】

《传》："唐、蒙，菜名。"

《正义》："唐、蒙，女萝；女萝，菟丝。"

【考证】

唐，乃菟丝，属菟丝子科，一年生寄生性草质藤本。茎细弱，黄色，缠覆其他植物。花小，簇生成伞形或团伞花序，总梗短或无。唐之植物体无叶绿素，以其吸收根伸入寄生植物的维管束吸取寄生植物的水分和养分，无法独立生存，为有害杂草。

有学者说：唐之苗茎似黄丝，无根株，多附田中，草被缠死，或生一丛如席阔。开花结籽不分明，籽如碎黍米粒，八九月前采之。《本草纲目》引宁献王《庚辛玉册》云："火焰草即菟丝子，阳草也。多生荒园古道。其子入地，初生有根，及长延草物，其根自断。无叶有花，白色微红，香亦袭人。结实如秕豆而细，色黄。"

菟丝子籽可入药，陶弘景曰："菟丝子，田野墟落中甚多，皆浮生蓝、纻、麻、蒿上。其实《仙经》《俗方》并以为补药，须酒浸一宿用，宜丸不宜煮。"菟丝子籽药可补五劳七伤，可治鬼交泄精、尿血，润心肺。

鬯（chàng）

（日）岩崎常正 绘

【出处】

《大雅·江汉》：“秬鬯一卣。”

【注疏】

- 《传》："鬯，香草也。"
- 《笺》："秬鬯，黑黍酒也。"

【考证】

秬者，黑黍。鬯者，以百草之香郁金合而酿之，成为鬯。《韩诗外传》曰，诸侯之有德，天子锡以"九锡"，其九为秬鬯。鬯者，香酒，专供宗庙祭祀用。

鬯，今名郁金或姜黄，属姜科，多年生草本。其根状茎深黄色，古用以染酒，所染的黄色酒称为"黄流"，用于祭祀。

《礼记·郊特牲》："周人尚臭，灌用鬯臭，郁合鬯臭，阴达于渊泉。"是说在黄泉下的祖先和神明都可以嗅香而至。

郁金生蜀地及西戎，苗似姜黄，花白质红。

《本草纲目》曰："主治血积下气，生肌止血，破恶血，血淋尿血，金疮。"

褧（jiǒng）

（日）岩崎常正 绘

【出处】

《卫风 · 硕人》：“硕人其颀，衣锦褧衣。”

【注疏】

《尔雅翼》："苘，枲属，高四五尺，或六七尺，叶似苎而薄，实如大麻子。"

【考证】

檾作苘，即今苘麻。据《周礼》，苘麻亦时征之材。《农政全书》曰："刈作小束，池内沤之，烂去青皮，取其麻片，洁白如雪。"

檾属锦葵科，一年生灌木状草本，其籽嫩时色白，可生食。

绿竹

左（日）细井徇 绘
右（日）岩崎常正 绘

【出处】

《卫风 · 淇奥》：“绿竹猗猗。”

【注疏】

- 《传》：“绿，王刍也；竹，萹竹也。”
- 陆疏：“有草似竹，高五六尺，淇水侧人谓之菉竹也。”
- 《说文》：“竹，冬生艸也，象形。”

【考证】

绿竹，一曰似竹之草，如图左；一曰今之竹，如图右。陆佃曰：“竹，物之有筋节者，故苍史制字，筋节皆从竹。”《小雅·斯干》：“如竹苞矣。”苞，丛生而固矣。竹有木质化的地下横茎，可以滋引而生竹，所以有谚语曰：“西家种竹，东家治地。”《尔雅》曰：“东南之美者，有会稽之竹箭焉。”所以，竹性喜东南引生，古植竹于园角之西北，久之自当满园。“竹箭”，即筱，细竹。《竹谱》曰：“北土寒冰，至冬地冻，竹根类浅，故不能植。”竹可为孝子之杖。所以古时父丧，孝子以竹为拄杖；母丧，孝子以桐木为拄杖。

按竹，属禾本科，多年生，秆有节，节间常空。主秆上之叶称竹箨，小而无明显主脉；普通叶片有短柄，二者不同。目前我国有竹 250 余种。

第二章　木

椅

（日）细井徇 绘

【出处】

《小雅 · 湛露》：“其桐其椅，其实离离。”《鄘风 · 定之方中》：“椅桐梓漆。”

【注疏】

- 《传》：“椅，梓属。”
- 《说文》：“椅，梓也。”
- 《尔雅》：“椅，梓。”郭璞注：“即楸。”

【考证】

椅，即今之山桐子，也称椅桐，属大风子科。椅为落叶乔木，树皮平滑，灰白色。叶宽卵形至卵状心脏形，边缘有疏锯齿，掌状基出脉；叶柄与叶等长，顶端有两突起的腺体。初夏开花，花黄绿色；圆锥花序下垂。浆果球形，红色。正如细井徇所绘之椅图。

《说文》将楸和椅分为两类，分别释之。诸辞书也以楸、椅为二物。陆疏：“梓实桐皮曰椅。”《埤雅》依郭璞，曰：“椅即是梓，梓即是楸。”郭璞之说实有误。

楸，属紫葳科梓属楸。楸是落叶乔木，高可达30米，树干端直。叶三枚轮生，三角状卵形，全缘或3至5裂，无毛。夏季开花，两唇形，白花，内有紫斑，总状花序顶生，蒴果细长。其叶大而早落，故谓之楸。唐时立秋日，京师卖楸叶，妇女、儿童剪花戴之，以取秋意。《救荒本草》说，楸树开白花，味甘，其花可救荒。

梓

(日) 岩崎常正 绘

【出处】

《小雅 · 小弁》: “维桑维梓。”

【注疏】

- 陆疏：“梓者，楸之疏理白色而生子者为梓。”
- 郑樵《昆虫草木略》：“梓与楸相似。”
- 《埤雅》：“梓为木王，盖木莫良于梓。”

【考证】

楚地多梓，荚细如箸，其长仅尺，冬后叶落，而荚犹在树。《本草纲目》将楸、椅、梓均归为“梓”，以理白者为梓，赤为楸，美者为椅。按梓，属紫葳科落叶乔木。唯梓有长荚。俗曰：“奇哉怪哉，楸树上结蒜薹。”这种“蒜薹”就是梓树上结的长荚果，细如箸，长 20 至 30 厘米，是梓的特征。梓，夏开黄白花，可作庭院景观树。其果实和嫩叶可食用，其果、花、叶、茎干、根、皮均可入药，其皮称“梓白皮”，清热解毒。

朱熹云：“桑梓二木，古者五亩之宅，树之墙下，以遗子孙给蚕食、具器用者也。”“桑梓”是故乡的代称。陆玑《百年歌》：“辞官致禄归桑梓。”成语“敬恭桑梓”，出自《小雅·小弁》：“维桑与梓，必恭敬止。”又，古称“父子”为“乔梓”，乔木高而仰，父道；梓木实而俯，子道。古时印书的刻版多用梓木，故而称付印为“付梓”。《礼记》称木匠为“梓人”。古做琴以泡桐木为琴身，以梓木为琴底，故有“桐天梓地”一说。

桐

（日）细井徇 绘

【出处】

《鄘风 · 定之方中》：“椅桐梓漆。”

【注疏】

- 《尚书·禹贡》：“羽畎夏翟，峄阳孤桐。”
- 《尔雅》：“荣，桐木。”郭璞注：“即梧桐。”
- 陆疏：“桐有青桐、白桐、赤桐。白桐宜琴瑟。”
- 《夜航船》：“桐知日月正闰，生十二叶，边有六叶。从下数一叶为一月，闰则十三叶，叶小者，即知闰何月也。立秋之日，一叶先坠。”

【考证】

桐，属玄参科，即今之泡桐，落叶乔木。桐之花和嫩叶可为时蔬，花、果、根可入药。桐可为景观树，泡桐花色紫蓝，花开盈树，极为壮观。

《诗》中“椅桐梓漆”之桐为白桐。《大雅·卷阿》“梧桐生矣”之桐为青桐。

漆

(日) 细井徇 绘

【出处】

《鄘风 · 定之方中》： “椅桐梓漆。”

【注疏】

✿《说文》：桼“木汁可以髹物。象形，桼如水滴而下”。髹，以漆漆物。

✿《尔雅翼》：漆树“以斧斫其皮开，以竹管承之，汁滴则为漆”。

✿段玉裁《说文解字》注：“木汁名桼，因名其木曰桼，今字作漆。”

【考证】

漆，属漆树科，落叶乔木，小枝灰白色，芽及嫩枝密生黄褐色毛，极似椿树。漆木及芽等有毒，人中毒过敏后全身起小泡，奇痒难止，七天后自然消失。终南山多漆树，伐薪者畏之。漆汁初出为乳白色，遇空气后变褐色、紫红色、黑色。用漆漆物，千年不坏，可用来漆器物、棺材、房内梁柱等。漆在古代为贡物，《尚书》载：“兖州厥贡漆丝……豫州厥贡漆枲。”长沙马王堆出土有大量西汉漆木器，即是证。漆实含漆蜡，可用以制肥皂、蜡烛等。干漆和漆树之根、皮、叶、种子均供药用，可驱虫、镇咳、通经。

桃

(日) 岩崎常正 绘

【出处】

《周南 · 桃夭》： “桃之夭夭，灼灼其华。”

【注疏】

- 《月令》：仲春之月“桃始华”。
- 《韩诗外传》：“春植桃李，夏得荫其下，秋得食其实。”
- 《诗集传》：“桃，木名。华红，实可食。”
- 《尔雅》：“桃李丑核。”丑，类也。是说桃李类果实中有核仁。
- 《本草纲目》：“桃性早花，易植而子繁，故字从木、兆。十亿曰兆，言其多也。或云从兆，谐声也。”

【考证】

桃，属蔷薇科，落叶灌木或小乔木。桃在中国至少有2500年的栽培历史，而食桃历史在7000年以上。河姆渡新石器时代遗址发现有7000年前的桃核。桃经丝绸之路传入中亚和西欧。

桃胶、桃仁可入药，能活血祛瘀、润燥通便。桃花除水利尿。干果可生津止汗。桃核可制工艺品。鲜桃是时令极佳水果。

楚

（日）岩崎常正 绘

【出处】

《唐风 · 绸缪》：“绸缪束楚。”

【注疏】

《说文》："楚为丛木，一名荆。"

【考证】

楚即牡荆，落叶灌木，茎丛生，高四五尺。其叶为掌状复叶，有长柄。夏季叶腋开淡紫色小花，成穗。其枝干坚劲，荆楚之地多产之。其细枝条可编织篮筐等日用器具。老枝可薪。茎皮可用于造纸。花蜜可酿制荆条蜜。叶、茎、果实和根均可入药，除骨间寒热，通利胃气，止咳逆，下气。花和枝叶可提取芳香油。枝干古时作刑杖。旧时贫妇用荆条作发钗，称荆钗，因以称妻为拙荆。

《本草纲目》："牡荆处处山野多有，樵采为薪。年久不樵者，其木大如碗也。其木心方，其枝对生，一枝五叶或七叶。叶如榆叶，长而尖，有锯齿。五月间开花成穗，红紫色。其子大如胡荽子，而有白膜皮裹之。""有青、白二种，青者为荆，赤者为楛。嫩条皆可为筥囤。"关于荆字和楚字，有说古以荆为刑杖，故字从刑。

常棣（dì）

（日）岩崎常正 绘

【出处】

《小雅 · 常棣》：“常棣之华，鄂不韡韡。”

【注疏】

《毛传》：“常棣，棣也。”

《救荒本草》：“棠梨树，今处处有之，生荒野中。叶似苍术叶，亦有团叶者，有三叉叶者。叶边皆有锯齿；又似女儿茶叶，其叶色颇黪白。开白花。结棠梨如小楝子大，味甘、酸。花、叶味微苦。救饥，采花煠熟食，或晒干磨面，作烧饼食亦可。及采嫩叶煠熟，水浸淘净，油盐调食，或蒸晒作茶亦可。”

【考证】

常棣，棣的一个品种，也叫“棠梨”“甘棠”“杜梨”。朱熹认为：常棣子如樱桃，正与棠梨大小相合。

棠梨属蔷薇科梨属杜梨。其木可作各种梨的砧木，嫁接为梨树。其果实未经霜时酸涩不堪食，成熟时变黑褐色，味绵甜。

甘棠

（日）细井徇 绘

【出处】

《召南 · 甘棠》：“蔽芾甘棠，勿翦勿伐。”

【注疏】

✿《传》：“甘棠，杜也。”

✿《尔雅》：“杜，甘棠。”郭璞注：“今之杜棠。”

【考证】

陆疏：“赤棠也，与白棠同耳。但子有赤、白，美、恶。子白色为白棠，甘棠也，少酢滑美。赤棠子涩而酢无味。俗语云‘涩如杜’是也。赤棠木理韧，亦可以作弓干。”所以棠有赤、白二种，白者叫甘棠，赤者为杜。朱熹曰：“白者棠，赤者杜。”

甘棠即杜梨，树似梨而小，叶有团者、斜者、三叉者，实如小楝子，有赤白，味不佳。果实可酿酒制醋。果、枝可入药，消食止泻。

唐棣

(日) 细井徇 绘

【出处】

《召南 · 何彼秾矣》：“唐棣之华。”

【注疏】

❀《传》：“唐棣，栘也。”

❀《古今注》：“栘杨，圆叶弱蒂，微风大摇。一名高飞，一名独摇。”

❀《尔雅翼》：“叶无风自动，此是栘杨，非白杨也。”

❀陆疏：“唐棣，奥李也。一名雀梅，亦曰车下李。所在山中皆有，其华或白或赤，六月中熟，大如李子，可食。”

【考证】

唐棣，亦称“扶栘”。蔷薇科。落叶小乔木。幼枝、萼筒、花梗等均近于无毛。叶卵形或长椭圆形，中部以上有细锐锯齿。春季开花，花白色，有芳香，总状花序。梨果近球形或扁球形，兰黑色。分布于我国中部山坡、灌木丛中。

梅

(日) 细井徇 绘

【出处】

《召南·摽有梅》："摽有梅，其实七兮。"

【注疏】

✿ 陆疏："梅，杏类也。树及叶皆如杏而黑耳。爆干为腊，置羹臛齑中，又可含以香口。"

✿《尔雅》："梅，柟。"

✿《本草纲目》："树、叶皆略似杏。叶有长尖，先众木而花。其实酢。"又曰："梅实采半黄者，以烟熏之乌梅；青者盐腌曝干为白梅。亦可蜜煎、糖藏，以充果饤。熟者笮汁晒收为梅酱。惟乌梅、白梅可入药。"

【考证】

《诗经·摽有梅》中的梅为果梅，此梅先桃、杏而花，其实如杏而味酢。吴中梅树大小与桃杏相类。

梅属蔷薇科落叶乔木或灌木。早春开花，后生叶芽，花以白、淡红色为主。核果近球形，未熟时为青色，熟后呈黄黑色，味极酸。梅可入药，能活血解毒。

李

（日）细井徇 绘

【出处】

《召南·何彼秾矣》：“华如桃李。”

【注疏】

- 《埤雅》：李“性颇难老，老虽枝枯，子亦不细。其品处桃上”。
- 《尔雅翼》：“李，木之多子者，故从子。”
- 《说苑》：“树桃李者，夏得休息，秋得其实焉。”

【考证】

李，花纯白，落叶乔木或灌木，叶倒卵形，果实球形，果皮紫红、青绿或黄绿。李属蔷薇科。

《本草纲目》言李有近百种，绿叶白花，树能耐久。其果实大者如杯如卵，小者如弹如樱。其味亦不同，有甘酸苦涩者。熟期也不同，早者麦李、御李，四月熟；迟有晚李、冬李，十月、十一月熟。还有季春李，冬花春实者。古习俗有“李会”，即立夏日啖李，能令人颜美，其时妇人聚会饮酒吃李。《救荒本草》也说李有多种，李可救荒入药。李亦称“嘉庆子”，韦述《两京记》：“东都嘉庆坊有李树，其实甘鲜，为京城之美，故称嘉庆李。”

李树可观赏，李子为生食佳果。其根、皮、核仁、花均可入药。李与桃并称，有“投桃报李”之说。

棘

（日）细井徇 绘

【出处】

《魏风 · 园有桃》：“园有棘，其实之食。”

【注疏】

《传》：“棘，难长养者。”

《方言》：“凡草木刺人，北燕、朝鲜之间谓之茦或谓之壮，自关而东谓之梗或谓之刿，自关而西谓之刺，江湘之间谓之棘。”

《梦溪笔谈》：“枣与棘相类，皆有刺。枣独生，高而少横枝；棘列生，庳而成林。”

【考证】

棘，酸枣也，是带刺的植物。在《园有桃》中，棘指酸枣。有人解释“棘”字与“棗”字时说：两朿并，棘，为酸枣树；两朿竖，棗，为枣。枣是棗的简化字。朿音“此”。

酸枣属鼠李科，耐旱。其味酸甜，果肉薄，富含维生素 C，可为食品。其核仁入药，可宁心、安神、益肝。其花多蜜腺，可为蜜源。木质硬，可作砧木。枝多刺，可植为绿篱。

枣

（日）岩崎常正 绘

【出处】

《豳风·七月》：“八月剥枣。”

【注疏】

- 《传》：“棘，枣也。”
- 《埤雅》：“棘大者，枣，小者，棘。”

【考证】

据《中国果树志 · 枣卷》，枣有700个品种。据《诗》可知，枣是中国栽培最早的植物之一。《孟子》《齐民要术》《授时通考》《植物名实图考长编》等典籍都有关于枣的记载。枣类富含维生素，鲜食甜脆可口，称为“木本粮食”。《救荒本草》说，枣红熟时摘取可食，可杀乌头毒，补肠胃，补中益气。枣之果、核仁、根、皮均可入药。《本草纲目》也说：“枣木赤心有刺，四月生小叶，尖觥光泽。五月开小花，白色微青。”枣之为物，最益于人。

柏

（日）岩崎常正 绘

【出处】

《邶风·柏舟》：“泛彼柏舟，亦泛其流。”

【注疏】

✿《尔雅》:“柏，椈。”郭璞注:“《礼记》曰:‘鬯臼以椈。’”

✿《本草纲目》:“柏有数种，入药惟取叶扁而侧生者，故曰侧柏。”

【考证】

柏，属柏科。长绿乔木，高可达 30 米。小枝细，下垂。果球形，种鳞盾形，木质，成熟时开裂，每种鳞具五至六粒种子。

柏木坚硬，木材淡黄褐色，细致，有芳香。可供建筑、造船、制器具、作棺材用。柏之叶、子可入药。叶中含侧柏精，其子为柏实，也称柏子仁，入药主惊悸益气，安五脏。

王安石《字说》:“松柏为百木之长。松犹公也，柏犹伯也。故字从公从伯。”古人以古柏的孤傲高洁比喻贤人的坚贞不屈。

樗（chū）

（日）岩崎常正 绘

【出处】

《小雅·我行其野》：“我行其野，蔽芾其樗。”

【注疏】

- 《传》：“樗，恶木也。”
- 陆疏：“樗，树及皮皆似漆，青色，其叶臭。”
- 《图经》：“椿叶香，樗叶臭。”

【考证】

《本草纲目》：“椿木皮细肌实而赤，嫩叶香甘可茹；樗木皮粗，肌虚而白，其叶臭恶，歉年人或采食。”椿即今之红椿树，也称香椿树；樗为白椿树，即臭椿树。一个是栋梁材，一个为不材之木。

其实，樗非不材之木。樗树有净化空气的作用，是一种绿化树种。其叶可饲椿樗蚕；树皮可提制栲胶；种子可榨油，供食用或制肥皂；其树皮、根皮、叶、种子均可入药：叶治白秃不生发，根皮治妇科血崩等病，极有益于人类。古之恶名可休也。

郁

(日) 岩崎常正 绘

【出处】

《豳风 · 七月》：“六月食郁及薁。”

【注疏】

❀《传》："郁，棣属。"

❀陆疏："其树高五六尺，实大如李，正赤色，食之甜。"

❀《山海经·中山经》："又东三十里，曰泰室之山。其上有木焉，叶状如梨而赤理，其名曰栯木，服者不妒。"

【考证】

栯即郁李，又称白棣，蔷薇科樱属灌木。

《图经本草》言"隰州郁李仁"。隰州即今山西隰县。《本草图解》说，郁李即棠棣。人以"棠棣"喻兄弟。

郁李可入药。《宋史·钱乙传》云："又乳妇因悸而病，既愈，目张不得瞑。乙曰：'煮郁李酒饮之使醉，即愈。'"

檴（huò）

（日）岩崎常正 绘

【出处】

《小雅·大东》：“有冽氿泉，无浸檴薪。”

【注疏】

✿《尔雅》：“檴，落。”郭璞注：“可以为杯器素。”

【考证】

汉郑玄以檴为木名。陆疏亦作檴，曰：“檴，柳榆也。其叶如榆，其皮坚韧，剥之长数尺，可为絙索，又可为甑带。其材可为杯器是也。”《唐韵》：“檴，同桦。”《辞源》以檴为桦烛之桦。意为桦之材。

然唐石经作“穫”，即今之“获”，诸书竟袭。今以“檴”为穫，或为传抄之误。

薪

(明) 吴伟 绘

【出处】

《小雅 · 车舝》：“陟彼高冈，析其柞薪。”

【注疏】

✿《说文》：“薪，荛也。”

✿《礼记·月令》：季冬之月“收秩薪柴”。郑玄注：“大者可析谓之薪，小者合束谓之柴。”薪、柴一意。

【考证】

析，劈开。由此可知劈碎者为薪，细小成束者谓之柴。薪、柴粗细有别。薪又转意为“薪水”，即今之工资。据《南史·陶潜传》：“送一力给其子，书曰：‘……今遣此力，助汝薪水之劳。……’”打柴汲水之费用称“薪水”。

薪的又一意为婚娶。魏源《诗古微》：“三百篇言取妻者，皆以析薪取兴。盖古者嫁娶必以燎炬为烛，故《南山》之析薪，《车舝》之析柞，《绸缪》之束薪，《豳风》之伐柯，皆与此错薪、刈楚同兴。”闻一多：“析薪、束薪盖上世婚礼中实有之仪式，非泛泛举譬也。”又据《易林·小过·益》：“执斧破薪，使媒求妇。和合二姓，亲御斯酒。”《易林》是西汉著作，可以肯定西汉时尚有伐薪求婚之俗。

英

(日) 岩崎常正 绘

【出处】

《魏风 · 汾沮洳》："彼其之子，美如英。"

【注疏】

- 《尔雅》：“不荣而实者谓之秀，荣而不实者谓之英。”
- 《说文》：“英，草荣而不实者。”

【考证】

英，本意为花。“美如英”是说之子之可爱如花。英的又一意为才能胜人者。《春秋繁露》：“万人曰英。”《礼》曰：“大道之行也，与三代之英。”注云，倍选曰俊，千人曰英。是说德过千人者曰英。《鹖冠子》以德过百人者谓之英。英，为英才。又，以英为瑛，瑛为美石。如此，英有花、英才、美玉三意。

朴樕（pú sù）

（日）岩崎常正 绘

【出处】

《召南·野有死麕》：“林有朴樕。”

【注疏】

- 《传》："朴樕，小木也。"
- 《尔雅》："朴樕，心。"郭璞注："槲樕别名。"

【考证】

朴樕即樕朴、心。朱熹《古意》诗："兔丝附朴樕，佳木生高冈。"以朴樕为槲，则属山毛榉科。槲为落叶乔木，高达25米，初夏开花，单性同株。坚果圆卵形，壳斗外被红褐色、柔软。披针形苞片。叶可饲蚕，丝称柞蚕丝。木质坚实，供建筑、枕木、器具等用，也可培植香菇。壳斗及树皮可提栲胶。坚果脱涩后可食用。

据《传》，朴樕是小木。据此，后以朴樕比喻凡庸之材。杜牧诗有："臣僻左小郡，朴樕散材。"

桑

（日）岩崎常正 绘

【出处】

《小雅 · 南山有台》："南山有桑。"

【注疏】

- 《尔雅》："桑辨有葚，栀。"
- 《毛诗名物图说》引蔡卞曰："兖地宜桑。"
- 《说文》："蚕所食叶木。"

【考证】

桑，属桑科，落叶乔木或灌木。其叶可饲蚕，桑葚可食可为药，桑皮可入药，树皮可制纸，桑材可为弓。桑是中国人栽培最早的树种之一，所谓"五亩之宅，树之以桑"者。

《鄘风》所说的"桑中"，据《传疏》，大约就是卫之桑中地。又，桑林乃男女采桑相会之所，古代桑林之中往往有所谓高禖之祀，也叫桑社。高禖神管生育，所以连穆天子也饮于桑中之桑林。钱锺书《管锥编》中也说，桑中乃幽会之所。不论怎么说，桑以养蚕，桑林乃是劳动场所。

榛

（日）岩崎常正 绘

【出处】

《邶风·简兮》：“山有榛，隰有苓。”

【注疏】

✿《传》：“榛，木名。”

✿孔疏引陆玑疏云：“榛，栗属。有两种：其一种之皮叶皆如栗，其子小，形似杼子，味亦如栗，所谓树之榛栗者也；其一种枝叶如木蓼，生高丈余，作胡桃味。辽东上党皆饶。”

【考证】

榛，俗称榛子，言其小。

榛属桦木科，落叶小乔木。中国人采食榛子始于石器时代，西安东郊半坡遗址中出土有大量榛子壳，说明6000年前的先民已开始食榛。榛子外壳坚厚，果仁白而圆，周代时为祭品。

《周礼·笾人》：“馈食之笾，其实榛实。”是为证。榛子果仁营养丰富，富含脂肪和蛋白质，可榨油，古时亦为军粮。榛亦泛指灌木，李白诗有：“王风委蔓草，战国多荆榛。”荆、榛均为灌木。秦地多榛，故字从“秦”。榛入药，益气力，实肠胃，令人不饥，健行，可调中开胃。

栗

（日）岩崎常正 绘

【出处】

《鄘风 · 定之方中》：“树之榛栗。”

【注疏】

✿《毛诗名物图说》引《礼记·内则》：“栗曰撰之，桃曰胆之。”孔颖达《疏》：“栗，虫好食，数数布陈，撰省视之。桃多毛，拭治令色青，滑如胆。”

✿《埤雅》：“栗味醎，北方之果也。有莍猬自裹。”

【考证】

栗，亦称“板栗”，终南山北麓处处有之。栗属壳斗科落叶乔木。中国人食板栗的历史可追溯到石器时代。西安半坡遗址和江陵战国、西汉墓中，均发现有板栗坚果，即是证。据《清异录》：“晋王尝穷追汴师，粮运不济，蒸栗以食。军子遂呼栗为河东饭。”板栗或蒸或炒，均香甜可口，营养丰富。

板栗在古代作祭祀用，朱熹《诗集传》：“榛、栗二木，其实榛小栗大，皆可供笾实。”

桧（guì）

（日）岩崎常正 绘

【出处】

《卫风 · 竹竿》：“桧楫松舟。”

【注疏】

- 《传》："桧，柏叶松身。"
- 《集传》："桧，木名，似柏。"
- 《尚书》作"栝"，注云："柏叶松身曰栝。"
- 《尔雅翼》："桧性耐寒，其材大，可为棺椁及舟。"

【考证】

桧，柏叶松身，即今圆柏。桧属柏科，常绿乔木，高可达20米，树冠圆锥形，叶有鳞形和刺形两种，树龄达数百年。桧有雌雄异株者，球果翌年秋冬成熟。木材芳香，古今为贵重树种。"桧"者，会合松柏也。

松

(日) 细井徇 绘

【出处】

《卫风 · 竹竿》：“桧楫松舟。”

【注疏】

- 《字说》：“松，百木之长，犹公，故字从公。”
- 《说文》：“松为百木之长，故字从公。”

【考证】

松，属松科，常绿乔木，大枝平展，树冠平顶。其叶二针一束，长 6 至 15 厘米。球果卵形，有果鳞。种翅长 1 厘米。松在中国有 10 属 113 种及 29 个变种。树龄可达千年。其材用途广，树脂可提松香和松节油，种子可食用。

木瓜

（日）岩崎常正 绘

【出处】

《卫风 · 木瓜》：“投我以木瓜。”

【注疏】

✿《尔雅》:“楙，木瓜。”郭璞注:“实如小瓜，酢，可食。”

✿《传》：“木瓜，楙木也，可食之木。”楙，茂盛。

✿《埤雅》：“江左故老视其实如小瓜而有鼻，食之津润不木者，谓之木瓜；圆而小于木瓜，食之酢涩而木者，谓之木桃；木李大如木桃，似木瓜而无鼻，其品又下木桃。”

【考证】

木瓜，属蔷薇科，落叶小乔木。木瓜、木桃、木李三者之区别是：木瓜花粉红，实长椭圆形；木桃花紫、粉红、乳白，实圆；木李花白，无鼻。木瓜名楙，木桃名樝，木李名榠。今西安东洪庆山水泉子大沟中，有几株唐时的千龄古木瓜树，极茂盛，观者络绎。

木瓜之果实、种子、根、枝均可入药，有舒筋活络、强身健骨之效。

蒲

（日）毛利梅园 绘

【出处】

《王风·扬之水》：“不流束蒲。”

【注疏】

✿《笺》："蒲，蒲柳。"

✿陆疏："蒲柳有两种，皮正青者曰小杨，其一种皮红者曰大杨。其叶皆长广于柳叶，皆可以为箭干。故《春秋传》曰：'董泽之蒲，可胜既乎。'今人又以为箕鑵之杨也。"

✿《古今注》："蒲柳，生水边，叶似青杨，一曰蒲杨。"又曰："水杨，蒲杨也。枝劲细，任矢用。又有赤杨，霜降则叶赤，材理亦赤也。"

【考证】

蒲，有草、木之分。草为香蒲，木为蒲柳。晋孙毓《毛诗异同评》以此诗中之"蒲"为蒲柳。木料可制各种器具，是古人常用的经济树种。

《世说新语·言语》有个故事："顾悦与简文同年，而发蚤白。简文曰：'卿何以先白？'对曰：'蒲柳之姿，望秋而落；松柏之质，经霜弥茂。'""蒲柳之姿"用以自谦。宋方回诗曰："深愧衰残蒲柳姿，忽思同眺万山时。"

榖（gǔ）

（日）岩崎常正 绘

【出处】

《小雅·黄鸟》：“无集于榖。”

【注疏】

✿《广雅》："穀，楮也。"

✿陆疏："穀，幽州人谓之穀桑，或曰楮桑。荆、扬、交、广谓之穀，中州人谓之楮。江南人绩其皮以为布，又捣以为纸，谓之穀皮纸，长数丈，洁白光辉，其里甚好。其叶初生，可以为茹。"

✿《酉阳杂俎》："叶有瓣曰楮，无曰构。"

【考证】

穀，楚人呼乳为穀，穀木中白汁如乳，故亦名穀。吴俗，斫穀以碗盛汁，用以团金，呼为穀树汁。穀被视为恶木，《尚书·咸有一得》："桑穀共生于朝。"以为不祥。

穀，属桑科，落叶乔木，即今之构树。其嫩枝密被绒毛，有乳汁，加工后可制成金漆，即《博物志》所云楮胶团丹，为金石之漆。穀皮纤维可制穀皮纸，即今之宣纸。叶可为猪饲料，鲜花的葚果可食。叶还可以作农药。穀皮可织布。今太平洋群岛原住居民的传统衣着，即以穀皮制作。

枸（jǔ）

（日）岩崎常正 绘

【出处】

《小雅 · 南山有台》：“南山有枸。”

【注疏】

✿《毛传》："枳枸。"陆疏："高大如白杨，所在山中皆有。理白可为函板，枝柯不直，子着枝端。"

✿《古今注》："枳椇子，一名树蜜，一名木饧。实形拳曲，核在实外，味甜美如饧蜜。"

✿《集传》："枸，枳枸，树高大似白杨，有子著枝端，大如指，长数寸，噉之甘美如饴，八月熟。"

【考证】

《十三经辞典·毛诗卷》曰："枸，木名，即枳椇，也称拐枣。"《救荒本草》："拐枣，生密县梁家冲山谷中。叶似楮叶而无花叉，却更尖艄，面多纹脉，边有细锯齿。开淡黄花。结实状似生姜，拐叉而细短，深茶褐色，故名拐枣，味甜。"按枸属鼠李科枳椇属北枳椇，即今之拐枣。

拐枣果序轴肥厚，经霜后味甜美，可供生食、制糖及酿酒，也可供药用。《救荒本草》文中所说的"实"，并非是拐枣的果实，而是膨大的果序轴，含糖丰富，古人误为果实，而称拐枣。枸可入药，清利湿热。

杞

（日）岩崎常正 绘

【出处】

《郑风 · 将仲子》：“无折我树杞。”

【注疏】

✿《尔雅》：“旄，泽柳。”郭璞注：“生泽中者。”

✿《通志》：“杞柳亦曰泽柳，可为桮棬者。”

【考证】

泽柳也叫杞柳，就是“杞”，可以用来编制桮棬。桮是盘盏一类的盛饭器皿，棬是曲木制成的盂。《孟子·告子上》：“告子曰：性犹杞柳也，义犹桮棬也。以人性为仁义，犹以杞柳为桮棬。”陆疏：“杞，柳属也。生水旁，树如柳，叶粗而白，色理微赤，故今人以为车毂。”《图经》亦说：“今人取其细条，火逼令柔韧，屈作箱箧。”令柔韧，得用火逼。

杞，也叫红皮柳，落叶丛生灌木，枝黄绿色带紫色，枝柔韧，可编箱筐。这种杞常生长于排水良好的沙壤土地、河滩等地，是为陆疏所说的杞柳。

檀

（日）细井徇 绘

【出处】

《小雅 · 鹤鸣》：“爰有树檀。”

【注疏】

- 《传》："檀，强韧之木。"
- 《集传》："檀，皮青滑泽，材强韧，可为车。"
- 《本草纲目》：檀"有黄、白二种，叶皆如槐，肌细体坚，与梓榆、荚蒾相似"。
- 陆疏："檀，木皮正青滑泽。"

【考证】

檀，有多种：柿树科有黑檀，豆科（蝶形花科）有紫檀及黄檀，檀香科有白檀，榆科有青檀。陆玑所说者为青檀。青檀是中国的特有树种，全世界仅有一种。我国西北、华北、华中、西南均有分布。青檀的皮纤维长且韧，徽州宣纸即以青檀皮为材料。青檀的萌蘖性强，大小根株均可萌发新枝，与鲁迅当年书桌上摆的"水横枝"相似。

《大明一统志》："檀香出广东、云南及占城、真腊、爪哇、渤泥、暹罗、三佛齐、回回等国，今岭南诸地亦皆有之。树、叶皆似荔枝，皮青色而滑泽。"《楞严经》云："以白旃檀涂身，能除一切热恼。"檀可入药，白檀调气，檀为理气要药。紫檀治金疮，止血止痛，疗淋。

舜

（日）岩崎常正 绘

【出处】

《郑风 · 有女同车》："颜如舜华。"

【注疏】

- 《礼记 · 月令》：仲夏“木堇荣”。
- 《尔雅》：“椴，木槿。榇，木槿。”
- 陆疏：“舜，一名木槿，一名榇，一名曰椴。齐鲁之间谓之王蒸，今朝生暮落者是也。五月始花。”
- 《毛诗草木图说》引《本草衍义》：堇“如小葵，花淡红色，五叶成一花，湖南、北人家多种植为篱障”。

【考证】

舜，属锦葵科，落叶灌木。《本草纲目》曰：舜名“日及”。舜又名爰老、花奴、白牡丹、木桂花。

舜之皮可制绳、造纸。花白者可食，嫩叶作茶饮，可助睡眠。《救荒本草》言舜之嫩叶可救荒。舜全株入药，果实称“朝天子”，清肺化痰。

椒

(日) 岩崎常正 绘

【出处】

《唐风 · 椒聊》：“椒聊之实，蕃衍盈升。”

【注疏】

✿《尔雅》：“椵，大椒。”郭璞注：“今椒树丛生，实大者名椵。”

✿陆疏：“椒聊，聊，语助也。椒树似茱萸，有针刺。叶坚而滑泽。蜀人作茶，吴人作茗，皆合煮其叶以为香。今成皋诸山间有椒，谓之竹叶椒。其叶亦如蜀椒，少毒，热不中合药也。可煮饮食中，又用蒸鸡、豚，最佳香。东海诸岛上亦有椒树，枝叶皆相似。子长而不圆，甚香。其味似橘皮，岛上獐鹿食此椒叶，其肉自然作椒橘香也。”

【考证】

郝懿行《尔雅义疏》：“椵，大椒，即秦椒矣。秦椒，今之花椒。本产于秦，今处处有人家种之。”关于秦椒，屈原《离骚》中之“申椒”，即古申国所产之椒。“申椒”即秦椒。椒内黑籽谓之“目”。

椒，属芸香科，落叶灌木，树皮具木栓质之瘤状刺，奇数羽状复叶。椒食所制之酒为椒酒。椒可提取芳香油；种子可榨油，供食用，制肥皂；叶制农药；木制手杖；叶、果皮、根均入药，芳香健胃，温中散寒，杀虫解毒。植株可作防护刺篱。椒为经济作物，今陕西韩城之花椒“大红袍”，堪称佳品。椒，不是今之辣椒。辣椒是传入物种。

栩（xǔ）

（日）细井徇 绘

【出处】

《陈风 · 东门之枌》：“宛丘之栩。”

【注疏】

✿《尔雅》："栩，杼。"郭璞注："柞树。"

✿陆疏："（栩）今柞栎也。徐州人谓栎为杼，或谓之栩。其子为皂，或言皂斗。其壳为汁，可以染皂，今京洛、河内多言杼汁。谓栎为杼，五方通语也。"

【考证】

栩，即橡树，属壳斗科，落叶乔木。其花叶俱似栗，壳斗环形，坚果卵圆形，壳汁可作染料。

《本草纲目》："四五月开花如栗花，黄色。结实如荔枝核而有尖。其蒂有斗，包其半截。其仁如老莲肉，山人俭岁采以为饭，或捣浸取粉食，丰年可以肥猪。"橡子含淀粉和脂肪油，可酿酒，作饲料，可救荒。木材坚实，可为工业用材。橡实、壳斗、树皮可入药。

唐张籍有诗曰："岁暮锄犁傍空室，呼儿登山收橡实。"

柳

(日）岩崎常正 绘

【出处】

《小雅 · 采薇》：“昔我往矣，杨柳依依。”

【注疏】

✿《传》：“柳，柔脆之木。”

✿《说文》：“柳，小杨也。”

✿《埤雅》:“柳，柔脆易生之木，与杨同类，虽纵横颠倒植之，皆生。”

【考证】

枝条扬起者为杨，枝叶下垂者为柳。柳即杨柳。柳属杨柳科，落叶乔木，枝条柔细下垂，又称垂柳。

杨柳，又称“杨广柳”，张岱《夜航船》：“隋炀帝开河成，虞世基请于堤上栽柳，一则树根四出，鞠护河堤；一则牵舟之女获其阴樾；三则牵舟之羊食其枝叶。上大喜，诏民间进柳一株，赐一缣。百姓竞献之。帝自种一株，群臣次第种之。栽毕，上御笔赐垂柳姓杨，曰杨柳。”韩愈有二侍姬，名绛桃、柳枝。一日柳枝窜去，韩愈诗曰：“惟有小桃园里在，柳花不发待郎归。”宋晏几道词：“杨柳青青，枝枝叶叶离情。”潘岳诗：“绿池泛淡淡，青柳何依依。”均指离愁别绪，有依依意。

枢（ōu）

（日）细井徇 绘

【出处】

《唐风 · 山有枢》："山有枢。"

【注疏】

《尔雅》：“藲，荎。”郭璞注：“今之刺榆。”

陆疏：“枢，其针刺如柘，其叶如榆。瀹为茹，美滑于白榆。榆之类有十种，叶皆相似，皮及木理异耳。”瀹者，煮。

《广雅》：“柘榆，梗榆也。”木刺人者曰梗，或曰刺。枢，张揖曰“梗榆”，郭璞曰“刺榆”。

【考证】

枢，属榆科，落叶乔木，小枝具棘刺，刺长2至6厘米。枢之嫩叶可救荒，其木可为绿篱，其材可做农具，茎皮纤维可做织袋，根皮及树皮和醋捣烂敷患处可治痈肿。

枌（fén）

（日）细井徇 绘

【出处】

《陈风·东门之枌》：“东门之枌，宛丘之栩。”

【注疏】

✿《尔雅》：“榆，白枌。”郭璞注：“枌榆先生叶，却著荚，皮白色。”孙炎注：“榆白者名枌。”

✿《博物志》：“啖榆则眠不欲觉。”

【考证】

枌，白榆，榆科，落叶乔木，树皮灰黑色纵裂，易识别。果有翅，称榆钱，可食。先生榆钱，后生叶。木材纹理好，力学性能良好，可为器具。

榆之皮、叶、榆钱均可食。《诗》中之榆有四：“隰有榆”，统名；“山有枢”，刺榆；“六驳”，梓榆；“东门之枌”，白榆。榆性扇地，其下有阴，故“婆娑其下”。陶渊明诗曰：“榆柳荫后檐，桃李罗堂前。”是说榆柳有荫。

杻（niǔ）

（日）细井徇 绘

【出处】

《小雅·南山有台》：“北山有杻。”

【注疏】

✿《山海经·西山经》：“又西七十里，曰英山，其上多杻、橿。”注曰：“杻似棣而细叶，一名土橿。”

✿《尔雅》：“杻，檍。”郭璞注：“似棣，细叶。叶新生可饲牛，材中车辋。关西呼杻子，一名土橿。”

✿陆疏：“杻，檍也。叶似杏而尖。白色，皮正赤。为木多曲少直，枝叶茂好。二月中叶疏，花如楝而细，蕊正白。盖此树今官园种之，正名曰万岁。既取名于亿万，其叶又好，故种之。共汲山下，人谓之牛筋，或谓之檍。材可为弓弩干也。”

【考证】

杻，属椴树科，落叶乔木。杻，即今之糠椴。材可制箭弓杆。《旧唐书·刑法志》曰，杻为刑具，即手铐，音“丑”。

杨

（日）岩崎常正 绘

【出处】

《陈风 · 东门之杨》：“东门之杨，其叶肺肺。”

【注疏】

《尔雅》：“杨，蒲柳。”郭璞注：“可以为箭。《左传》所谓董泽之蒲。”

《左传·宣公十二年》：“董泽之蒲，可胜既乎？”杜预注：“蒲，杨柳，可以为箭者。”

【考证】

诗中的“杨”就是《王风·扬之水》中的“蒲”，也就是“水杨”“蒲柳”。崔豹《古今注》：“蒲柳，生水边，叶似青杨，一曰蒲杨。”又曰：“水杨，蒲杨也，枝劲韧，任矢用。”如此，蒲杨、蒲柳、水杨为一物，即《尔雅》所说的“杨”。

梅

（日）岩崎常正 绘

【出处】

《秦风 · 终南》：“有条有梅。”

【注疏】

✿《尔雅》：“梅，柟。”柟，楠的异体字。所以，梅者楠。

✿陆疏：“梅树皮叶似豫章，叶大如牛耳，一头尖，赤心，华亦黄，子青不可食。楠叶大，可三四叶一丛，木理细致于豫章。子赤者材坚，子白者材脆。”

【考证】

梅为常绿大乔木，树干通直，高可达 10 至 55 米，径 3 米。据陆玑所说，梅是楠的一种。楠木木质坚硬，是一种高级建筑材料。樊光释《尔雅》曰：“荆州曰梅，扬州曰楠。”可见，“梅”就是楠。四川青城山有梅数株，即楠木也，就是《诗》中的梅。

条

(日) 毛利梅园 绘

【出处】

《秦风 · 终南》："终南何有？有条有梅。"

【注疏】

陆疏：条“槄，今山楸也。亦如下田楸耳。皮色白，叶亦白，材理好，宜为车板。能湿，又可为棺木。宜阳共北山多有之”。

【考证】

何炳棣以条为榆科朴树，吴厚炎以条为蔷薇科的石灰花楸。花楸树形美观，花淡红色至淡紫色，初夏花开满树，美不胜收，宜为庭园树。

若“条”确为花楸，则初夏终南之美定是人间绝景。按古说，“条”当为山楸。

驳

(日) 细井徇 绘

【出处】

《秦风 · 晨风》：“隰有六驳。”

【注疏】

✿《说文》："驳，马色不纯。"

✿《尔雅》："驳，赤李。"郭璞注："子赤。"

【考证】

驳有六义：一、马色不纯曰驳。《玉篇》："驳，马色不纯。"《豳风·东山》中"皇驳其马"的驳即为杂色。皇者，黄白。二、木名。《尔雅》："驳，赤李。"郭璞注："子赤。"陆佃疏："李之子赤者曰驳。"朱熹曰："驳，梓榆也，其皮青白如驳。"三、"否认"为驳。驳议，回驳。四、事物杂乱曰驳。五、转载曰驳，如驳船、驳岸。六、神兽。《山海经》曰：中曲之山"有兽焉，其状如马而白身黑尾，一角，虎牙爪，音如鼓音，其名曰驳，是食虎豹，可以御兵"。

陆疏曰："驳马，梓榆，其树皮青白，驳荦。遥视似马，故谓之驳马。"《秦风·晨风》中的"驳"，应为梓榆。依木名。孔颖达、朱熹、徐鼎等皆依陆玑说。

柞（zuò）

（日）细井徇 绘

【出处】

《小雅 · 车舝》：“析其柞薪。”

【注疏】

《说文》："柞，木也。"

《笺》："柞，栎也。柞之叶，新将生，故乃落于地。"孔颖达疏："柞叶将新生，故乃落于地，其枝常有叶。"

《诗缉》："柞，坚忍之木。新叶将生，故叶乃落，盖附着之甚固也。"

【考证】

柞，属壳斗科，落叶乔木，幼枝具棱，生棘刺。叶卵形或长椭圆状卵形，俗称凿子木。其木质坚硬，可做家具。

棫（yù）

（日）岩崎常正 绘

【出处】

《大雅 · 绵》："柞棫拔矣。"

【注疏】

朱熹曰："棫，白桵也，小木，亦丛生，有刺。拔，挺拔而上，不拳曲蒙密也。"

《尔雅》："棫，白桵。"郭璞注："桵，小木，丛生，有刺，实如耳珰，紫赤可啖。"

苏颂曰："棫，木高五七尺，茎间有刺。"

《图经本草》："叶细似枸杞而狭长，花白，子附茎生，紫赤色，大如五味子。"

【考证】

棫，又名白桵，灌木。小枝灰绿色，有刺 。核果球形，暗紫红色。核左右压扁呈卵球形。花实蕤蕤下垂，故称为桵，又称为蕤核。

栵（lì）

（日）细井徇 绘

【出处】

《大雅 · 皇矣》：“其灌其栵。”

【注疏】

❀《尔雅》：“栵，栭。”郭璞注：“树似槲樕而庳小，子如细栗，可食。今江东亦呼为栭栗。”

❀陆疏：“栭，叶如榆也。木理坚韧而赤，可为车辕。”

【考证】

栵，即栵栗，又名栭栗，即“茅栗”。《本草纲目》：“栗之大者为板栗，……小如指顶者为茅栗。”栵，即小如指顶者。栵属壳斗科，落叶小乔木，小枝褐色。板栗、锥栗、茅栗为中国三大可食栗。今陕西终南山多栵者。

柽（chēng）

（日）岩崎常正 绘

【出处】

《大雅·皇矣》：“其柽其椐。”

【注疏】

✿《尔雅》:“柽,河柳。”郭璞注:“今河旁赤茎小杨。”

✿ 陆疏:“柽,河柳,生水旁,皮正赤如绛,一名雨师,枝叶似松。”

✿《尔雅翼》:柽“叶细如丝,婀娜可爱。天之将雨,柽先起气以应之,故一名雨师,而字从圣”。

✿《本草衍义》:“赤柽木,又谓之三春柳,以其一年三秀也。”

【考证】

柽,属柽柳科,灌木或小乔木,小枝绿色。嫩枝纤细下垂,有光泽。叶鳞片状,先端向内弯,互生,淡绿色。顶生圆锥花序,花粉红色。一年开花三次,称为“三春柳”。

《汉书》:“鄯善国多柽柳。”可见多地均有柽。柽柳,又名御柳,为汉名,见《五杂俎》。唐韩翃诗曰:“春城无处不飞花,寒食东风御柳斜。”御柳即为柽。清陈淏子《花镜》对柽有详细记述。陕西三原县唐李靖故居院内亦有柽多株,婀娜可爱。

椐（jū）

（宋）佚名 绘

【出处】

《大雅 · 皇矣》：“其柽其椐。”

【注疏】

✿《尔雅》：“椐，樻。”郭璞注：“肿节可以为杖。”

✿陆疏：“椐，樻。节中肿以扶老。……今人以为马鞭及杖，宏农郡北山甚有之。”

【考证】

《诗》中的椐，即灵寿木。《汉书·孔光传》：“赐灵寿木。”颜师古注：“椐，木似竹，有枝节。长不过八九尺，围三四寸。自然合杖制，不须削治。”

椐，今名蝴蝶戏珠花，属忍冬科，落叶灌木或小乔木。叶卵形，复伞形花序，边缘数朵白花，为不孕性花，负责招蜂引蝶，故名蝴蝶戏珠花。中间两性花供繁殖，花冠淡黄色，结椭圆形核果。椐为杂木，其材仅可为杖，唯此而已。

檿（yǎn）

（日）细井徇 绘

【出处】

《大雅 · 皇矣》：“其檿其柘。”

【注疏】

✿《说文》：“檿，山桑也。”

✿《尔雅》：“檿桑，山桑。”郭璞注：“似桑，材中作弓及车辕。”

✿《考工记》：“弓人取干，柘为上，檿桑次之。”

✿《尚书·禹贡》：青州“厥篚檿丝”。檿丝，蚕食檿桑所得之丝。

【考证】

檿，古称山桑，也叫蒙桑，属桑科，落叶灌木或小乔木。叶互生。实长椭圆形。花雌雄异株，实熟时红紫色至黑色，类桑葚。

古“檿弧”即以檿所制之弓，“檿丝”即以檿桑叶饲蚕所吐之丝。檿之木可制器皿。

柘（zhè）

（日）岩崎常正 绘

【出处】

《大雅 · 皇矣》："其檿其柘。"

【注疏】

《毛诗名物图说》引《蚕书》："柘叶饲蚕，为丝中琴瑟弦，清响盛凡丝。"

【考证】

柘，落叶灌木或小乔木，属桑科。枝干有棘刺，刺长 0.5 至 2 厘米。叶卵形。雌雄异株。果为聚合果，近球形，径约 2.5 厘米，肉质，熟时橘红色。

《本草纲目》："柘木染黄赤色，谓之柘黄。"柘可染色，柘的木质液所染之皇袍称为"柘袍"，"柘袍"故为皇帝之代称。

柘之干疏直，皮纹细密，木质致密坚韧，所制之弓称为"乌号之弓"，为良弓。古代钻木取火用柘，马融云："春取榆柳之火，夏取枣杏之火，季夏取桑柘之火，秋取柞楢之火，冬取槐檀之火。"古人取火，一年之中，钻火时易木，称为"改火"。柘为改火取木之一。

梧桐

(日) 细井徇 绘

【出处】

《大雅 · 卷阿》：“梧桐生矣。”

【注疏】

- 《传》：“梧桐，柔木也。”
- 《正义》：“柔韧之木，故曰柔木。”
- 《尔雅》：“榇，梧。”郭璞注：“今梧桐。”
- 《淮南子·说山训》：“梧桐断角。”高诱注：“柔胜刚也。”

【考证】

梧桐，即青桐。属梧桐科，落叶乔木，其皮绿，叶互生，掌状。也称中国桐。树干通直，木材轻、软，可做木箱、乐器。旧说梧桐高洁，凤非梧桐不落。梧桐叶大，秋到先别木而落。《淮南子·说山训》：“以小明大，见一叶落，而知岁之将暮。”故谚有“一叶知秋”之说。古诗有“梧桐一叶落，天下尽知秋”。据称，梧桐叶上有黄圈文如井，曰金井，故世有“金井梧桐一叶飘”之说。

枸骨

（日）岩崎常正 绘

【出处】

《小雅 · 南山有台》：“南山有杞。”

【注疏】

陆疏：“一名枸骨，高大如白杨。所在山中皆有。理白可为函板。枝柯不直。子著枝端。大如指，长数寸。”

【考证】

杞，为枸骨，与此前的杞柳、枸杞不同。《小雅·湛露》中的“在彼杞棘”之杞，也为枸骨。朱熹称“狗骨”。

杞属冬青科，常绿小乔木，小枝粗壮，有棱。叶互生，厚革质，表面光滑，四方状。枸骨雌雄异株，花白色至黄色。核果小球形，鲜红色。

《广群芳谱》以此木肌白如狗骨，故名为枸骨。杞又名鸟不宿、猫儿刺。其皮、枝、叶入药，滋阴清热。种子药名“十大功劳子”，补肝肾，止血。古以杞之木做木牍、检柙。检柙，保护书籍的封套。

檖（suì）

《毛诗品物图考》（光绪本）

【出处】

《秦风 · 晨风》：“隰有树檖。”

【注疏】

✿《尔雅》："檖，萝。"郭璞注："今杨檖也。实似梨而小，酢可食。"

✿陆疏："檖，一名赤萝，一名山梨，今人谓之杨檖。实如梨但小耳。一名鹿梨，一名鼠梨。今人亦种之，极有脆美者，亦如梨之美者。"

✿《埤雅》："其文细密如罗，故曰罗也。又有白者。赤罗文棘，白罗文缓。虽皆所谓文木，然而赤罗为上。"

【考证】

檖，属蔷薇科，落叶乔木，高达10米，今名豆梨。其果，径1厘米，表面有灰白色斑点，味酸。植株可为沙梨等植株之砧木。

《山海经·海内经》"其叶如罗"之罗，即檖。

栲（kǎo）

（日）毛利梅园 绘

【出处】

《唐风·山有枢》：“山有栲，隰有杻。”

【注疏】

《尔雅》：“栲，山樗。”郭璞注：“栲似樗，色小而白，生山中，因名云。亦类漆树。”

【考证】

栲，为落叶灌木或小乔木。初夏开花，花小，黄白色，种子蓝细色。又一说以栲为毛臭椿，属苦木科，圆锥花序，翅果长五六厘米。

陆疏：“山樗与下田樗略无异，叶似差狭耳。吴人以其叶为茗。方俗无名此为栲者似误也。今所云为栲者，叶如栎木，皮厚数寸，可为车辐，或谓之栲栎。许慎正以栲读为糗，今人言栲，失其声矣。”吴厚炎说栲为省沽油科的野鸦椿。古今栲无共识。

桋（yí）

（日）岩崎常正 绘

【出处】

《小雅 · 四月》：“隰有杞桋。”

【注疏】

✤《尔雅》：“梂，赤梂。白者梂。”梂音“色”。郭璞注：“赤梂树叶细而岐锐，皮理错戾，好丛生山中，中为车辋。白梂叶圆而岐，为大木。”

✤ 陆疏：“梂叶如柞，皮薄而白。其木理赤者为赤梂，一名梂，白者为梂。木皆坚韧，今人以为车毂。”

【考证】

梂，属壳斗科，常绿乔木，树皮浅纵裂，片状剥落。叶椭圆形，革质。坚果扁球形，几被壳斗全包。实成熟时壳斗开裂，果实不落。果在药中被称为“槠子”，止泄痢、除恶血。木材耐磨，可为车毂、车辋。

楰（yú）

（日）岩崎常正 绘

【出处】

《小雅 · 南山有台》：“南山有枸，北山有楰。”

【注疏】

✿《尔雅》：“梗，鼠梓。”郭璞注：“楸属也，今江东有虎梓。”

✿陆疏：“梗，楸属，其树叶、木理如楸，山楸之异者。今人谓之苦楸是也。”

【考证】

梗，属鼠李科落叶小乔木。花单性，雌雄异株。核果球形，径 0.5 厘米，熟时呈黑色，若五味子。《毛诗名物图说》言鼠梓木似山楸而黑。其叶可泡茶，嫩叶可食。核果及树皮可制黄色及绿色染料。木质坚硬，纹理美丽，力学强度高，可作雕刻用。

楛（hù）

（日）冈元凤 绘

【出处】

《大雅 · 旱麓》：“榛楛济济。”

【注疏】

✿ 陆疏："楛，其形似荆而赤茎似蓍。上党人织以为斗、筥、箱器。又揉以为钗。故上党人调问妇人欲买赭否？曰灶下自有黄土。问买钗否？曰山中自有楛。"

✿ 《国语 · 周语》韦昭注："楛，木名。"

【考证】

楛，茎似荆，叶如蓍，可做箭杆、簪钗。

诗经名物

下

臧海亭 编著

陕西新华出版
三秦出版社

第三章　鸟

凤

（清）余省 绘

【出处】

《大雅·卷阿》：“凤凰于飞，翙翙其羽。”

【注疏】

✿《尔雅》：“鶠，凤。其雌皇。”郭璞注：“瑞应鸟。鸡头，蛇颈，燕颔，龟背，鱼尾，五彩色。高六尺许。”

✿陆疏：“凤，雄曰凤，雌曰皇。”

✿《说文》：“从鸟，凡声。”是说凤字是由“凡”“鸟”二字合成。

【考证】

传说，凤凰每500年自焚为灰烬，再从灰烬中重生，循环不已，成为永生，就是“凤凰涅槃”。此传说是将中国的“凤”与希腊神话中的“菲尼克斯鸟”混在了一起。这个菲尼克斯是太阳神阿波罗的爱鸟，阿波罗赋予它一种神力，就是每过500年菲尼克斯便积柴点火，将自己烧死，又在烧剩的灰烬中重生，变成一只幼鸟。因此，菲尼克斯被称为能浴火重生的“不死鸟”。它不是中国的凤凰。至于菲尼克斯，希腊历史学家希罗多德也说：“我从来都没见过真正的菲尼克斯，但是我在画中见过，它的羽毛一半金色，一半红色，如一只巨大的老鹰。”菲尼克斯和凤凰不是一类鸟，但都是神鸟。

凤，古代传说中的鸟名。凤凰的简称。《礼记》：“麟、凤、龟、龙谓之四灵。”故凤为神话中的祥瑞鸟。

古人以凤喻有圣德之人。《论语》：“凤兮凤兮！何德之衰！”邢昺疏：“知孔子有圣德，故比孔子于凤。”

鹤

（清）余省 绘

【出处】

《小雅·白华》：“有鹤在林。”

【注疏】

《埤雅》：鹤“形定而色白，食于水，故喙长。轩于前，故后短”。

【考证】

鹤，水禽。是鸟纲鹤科各种类的泛称，大型涉禽，外形似鹭和鹳。喙、翼和跗蹠很长。常活动于平原水际或沼泽地带，食各种小动物和植物。我国有丹顶鹤、灰鹤、蓑羽鹤等多种。古人言鹤为仙禽，阮籍《咏怀》句：“双翮临长风，须臾万里逝。”“黄鹤戒露”，是说八月露降之时，黄鹤就高鸣相戒，以徙其居。

桃虫

（日）细井徇 绘

【出处】

《周颂 · 小毖》："肇允彼桃虫，拚飞维鸟。"

【注疏】

晋张华《鹪鹩赋》李善注：“《诗义疏》曰：‘桃虫，今鹪鹩，微小黄雀也。’”

【考证】

桃虫，鹪鹩。据说，布谷鸟产卵于鹪鹩之巢孵出布谷来，大于鹪鹩，故古有“鹪鹩生雕”之说。《本草纲目》对鹪鹩之研究很详细，曰：“鹪鹩处处有之，生蒿木之间，居藩篱之上，状如黄雀而小，灰色有斑，声如吹嘘，喙如利锥。取茅苇毛毳而窠，大如鸡卵，而系之以麻发，至为精密。悬于树上。或一房、二房。故曰巢林不过一枝，每食不过数粒。小人畜驯，教其作戏也。”

按桃虫之别名还有巧妇、山蝈蝈儿、工雀、女工等。这种鸟栖息地多在山地、溪谷的林草、灌丛中。桃虫善鸣，尤其是在冬季。桃虫身长 9 至 10 厘米，翼展 14.5 厘米，体重 7.5 至 14 克，寿命 6 岁以上。桃虫以蚊、蝗虫、蚂蚁、青蛾、天牛等多种农林害虫为食，是为益鸟。

雀

（日）细井徇 绘

【出处】

《召南 · 行露》：“谁谓雀无角，何以穿我屋？”

【注疏】

✿《说文》："依人小鸟也。"

✿《本草纲目》："头如颗蒜，目如擘椒。"

✿《禽经》："雀以猜瞿。"

✿《埤雅》："雀，固物之淫者也。今鸽喜合，凡鸟皆雄乘雌鸣，此鸟雌乘雄。又雀四时有子，鸽逐月有子。"

【考证】

雀，有"家麻雀""琉麻雀"等，属鸟纲雀形目文鸟科。雀，小鸟。麻雀身长 13.5 至 15 厘米，翼展 25 厘米，体重 25 至 35 克。其爪三趾向前，一趾朝后。喙成粗壮的圆锥形。善鸣，善筑巢，寿命近 20 岁。其踪迹遍及全世界，率众数十亿。麻雀为益鸟。

鹊

(清) 余省 绘

【出处】

《鄘风 · 鹑之奔奔》: “鹊之彊彊。”

【注疏】

- 《淮南子》："鹊识岁之多风。"
- 《毛诗名物图说》引《博物志》："鹊背太岁也。"

【考证】

鹊，即喜鹊，属鸟纲鸦科。上体羽色黑褐，有紫色光泽，其余部分白色。体长46厘米，尾长稍长于体长的一半，中宽端尖，栖止时常上下翘动，有类鹡鸰。善营巢于村舍高树梢，早春繁殖。为留鸟。

鹊能报喜。唐张鷟《朝野佥载》言贞观末，一人常以饭喂鹊，后因事系狱，其鹊止于狱楼，"似传语之状"，果三日遇赦。这就是"玄衣素衿"的故事。此外，袁枚《随园诗话》、干宝《搜神记》、段成式《酉阳杂俎》等书都有喜鹊报喜的故事。欧阳修不信鹊能报喜之说，他有诗曰："蜘蛛喜鹊误人多，似此无凭安足信。"

脊令

(宋) 佚名 绘

【出处】

《小雅 · 常棣》:“脊令在原，兄弟急难。”

【注疏】

✿《传》：“脊令，雍渠也，飞则鸣，行则摇，不能自舍耳。”

✿ 陆疏：“脊令，长脚，长尾，尖喙。背上青灰色，腹下白，颈下黑，如连钱，故杜阳人谓之连钱。”

【考证】

脊令即鹡鸰，鹡鸰科鹡鸰属，体长18厘米。鹡鸰的雌雄有别，雄者上体自头后至腰际均深褐色，胸部辉黑，翼表黑底而缀白斑，其余部分均为白色，尾羽外侧白而其余黑，整体呈黑白相间状态。雌者黑色部分较浅，背部时现褐色。鹡鸰的亚种很多，遍及全国。为留鸟或冬候鸟。

唐天宝进士乔琳作《鹡鸰赋》，提出了许多疑问，说鹡鸰之栖息地和孕育情况不为人知；大小一个样，没有区别；人百计捉不到此鸟，其机警如此；与人朝夕，不知从何而来；来到池馆，不为谋食；行而安，藏而秘。似乎给人之处世作了榜样。乔琳之本意在此。

据载，鹡鸰在生殖期，迁入山谷，所以人们不知道它们的孕育诸事。而平时栖息于河溪湖塘岸边、沼泽、湿地、稻田等近水地带。主要以昆虫及其幼虫为食，也食植物种子、浆果和小鱼，所以“非意稻粱”。鹡鸰有益于人类，属于保护鸟类。

鹭

（日）细井徇 绘

【出处】

《周颂·振鹭》：“振鹭于飞。”

【注疏】

- 《尔雅》：“鹭，舂鉏。”郭璞注：“白鹭也，头、翅、背上皆有长翰毛。”
- 《集传》：“鹭，舂鉏，今鹭鸶，好而洁白，头上有长毛十数枚。羽，以其羽为翳，舞者持以指麾也。”

【考证】

鹭，羽毛纯白者为白鹭。其颈、脚、喙皆长，是为“三长”。喙长二三寸，身高一尺余。头顶有白毛十数根，颇长。肩、背、胸亦生长毛，称蓑毛，毵毵如丝，所以鹭又称“鹭鸶”。鹭属鹳形目鹭科鸟类的通称，为大、中型涉禽，是一种很古老的鸟类。大约于5500万年前就生存在地球上。全世界共有17属62种，中国有9属20种。

西方妇女以鹭羽为冠饰。白鹭入药可补中益气。

鸱鸮（chī xiāo）

（日）细井徇 绘

【出处】

《豳风 · 鸱鸮》："鸱鸮鸱鸮，既取我子，无毁我室。"

【注疏】

《尔雅》："鸱鸮，鸋鴂。"

【考证】

鸱鸮者，今名斑头鸺鹠，属鸟纲鸱鸮科。其喙和爪都弯曲呈钩状，锐利，嘴基具蜡膜。双眼不在头之两侧，而位于正前方。周身羽毛大多呈褐色，散缀细斑，稠密而松散，飞行时无声。夜间出食鼠类、小鸟或昆虫，被视为农林益鸟。

古人视鸱鸮为恶鸟。贾谊说的鹏鸟，不是鸱鸮。晋灼曰："《巴蜀异物志》曰：'有鸟小如鸡，体有文色，土俗因形名曰鹏。不能远飞，行不出域。'"鹏，应为鸱鸮的一种。贾谊《鹏鸟赋》是借鹏鸟道出自己对宇宙人生的看法。《诗》中的"鸱鸮篇"是说周公因流言居东，作《鸱鸮》以贻王。

鵙（jú）

（日）细井徇 绘

【出处】

《豳风 · 七月》：“七月鸣鵙。”

【注疏】

✿《尔雅》《说文》并称：“鵙，伯劳也。”郭璞注：“似鶷鶡而大，《左传》曰伯赵氏。”

✿《左传·昭公十七年》：“伯赵氏，司至者也。”是说少皞即位后，以鸟名为官名，伯赵氏是管夏至和冬至的官名。杜预注曰：“伯赵，伯劳也。以夏至鸣，冬至止。”

【考证】

鵙，即伯劳，属伯劳科。喙尖尾长，背棕红色，叫声高而快，确为夏历五月始鸣，至寒冷季节来临时止。棕背伯劳体长 28 厘米。伯劳，是鸟中的肉食类，常以猎获物穿于带刺枝头撕食或用以求偶。

李时珍曰：伯劳“夏鸣冬止，乃《月令》候时之鸟”。古代赶制寒衣，当在鵙停叫之前。

鸤鸠（shī jiū）

（日）细井徇 绘

【出处】

《曹风 · 鸤鸠》：“鸤鸠在桑，其子七兮。”

【注疏】

✿《尔雅》：“鸤鸠，鴶鵴。”郭璞注：“今之布谷也。江东呼为穫谷。”

✿《集传》：“鸤鸠，秸鞠也，亦名戴胜，今之布谷也。”

【考证】

鸤鸠为今之布谷鸟，即杜鹃科大杜鹃。大杜鹃在我国有四个亚种，夏时几遍布全国。常栖息于开阔林地，卵产于苇莺等鸟巢中，嗜食毛虫。

《辞源》：“布谷，一名鸤鸠，又名郭公。绝类杜鹃，而体较大，全体灰黑色，腹白，亦有横行黑条，嘴尖，趾前后各二。鸣声如呼割麦插禾，故名。好食毛虫，有益于森林，为益鸟。”

《辞海》：“大杜鹃亦称郭公、布谷。鸟纲，杜鹃科。体长 33 至 35 厘米。雄鸟上体纯暗灰色；两翼表面暗褐。尾羽沿羽干两侧及内缘有白色细点，其余部分黑色。”

翚（huī）

（日）细井徇 绘

【出处】

《小雅·斯干》：“如鸟斯革，如翚斯飞。”

【注疏】

《说文》:“翚,大飞也。从羽,军声。一曰伊、雒而南,雉五采皆备,曰翚。”

《尔雅》:“鹰隼丑,其飞也翚。”郭璞注:“鼓翅翚翚然疾。”《尔雅》:“伊洛而南,素质、五采皆备成章曰翚。”郭璞注:“翚亦雉属,言其毛色光鲜。”

【考证】

翚,雉类,俗称野鸡。栖于山麓、丘陵、农田、河畔之林丛中,善奔走,不能久飞。多有猎食者。宋庠诗曰:“几曲春渊逗碧塘,翚檐沙版照波光。”

翚,毛色光鲜。张华《博物志》卷四曰:“山鸡有美毛,自爱其色,终日映水,目眩则溺死。”又曰:“翚雉长毛,雨雪,惜其尾,栖高树杪,不敢下食,往往饿死。”俱言翚毛之美。

黄鸟

（日）细井徇 绘

【出处】

《周南 · 葛覃》：“黄鸟于飞，集于灌木，其鸣喈喈。”

【注疏】

✿《传》：“黄鸟，抟黍也。”

✿《尔雅》：“皇，黄鸟。”郭璞注：“俗呼黄离留，亦名搏黍。”

【考证】

抟黍等都是黄鸟的异名。朱熹说黄鸟就是鹂。徐鼎以黄鸟为仓庚。郝懿行《尔雅义疏》：“按此即今之黄雀，其形如雀而黄，故名黄鸟，又名搏黍，非黄离留也。”《十三经辞典》以黄鸟为今之黄雀。《诗》中所说的黄鸟都是今之“黄雀”。而仓庚为今之黄鹂，即黄莺。

黄鸟，也称“芦花黄雀”。鸟纲雀科。体长 12 厘米。雄鸟上体浅黄绿色，头顶羽冠和喉的中央黑色。腹部白色而腰部稍黄，均带有褐色条纹。两翼的大覆羽黑色。雌鸟无黑色羽冠，上体微黄有暗褐条纹；下体近白色带黑色条纹。杂食种子、幼芽和昆虫。夏居中国东北，秋迁浙江、福建、广东、等地越冬。迁徙时旅经河北、山东和江苏等地。鸣声清脆，可饲养。

雎鸠

(日) 细井徇 绘

【出处】

《周南 · 关雎》：“关关雎鸠，在河之洲。”

【注疏】

✿《尔雅》："雎鸠，王雎。"郭璞注："雕类。今江东呼之为鹗，好在江中渚边食鱼。"

✿陆疏："雎鸠大小如鸠，深目，目上骨露出，幽州人谓之鹫。"

【考证】

雎鸠，一名王雎，状类凫鹥，今江淮间有之。生有定偶而不相乱，偶常并游而不相狎，故《毛传》以为"挚而有别"。雎鸠能扇波，令鱼出食之，故《淮南子·说林训》谓之"沸波"。

《本草纲目》曰："鹗，雕类也。似鹰而土黄色，深目好峙。雄雌相得，鸷而有别，交则双翔，别则异处。能翱翔水上，捕鱼食，江表人呼为食鱼鹰。"

鸣鸠

（清）余省　张为邦《清宫鸟谱》

【出处】

《小雅·小宛》：“宛彼鸣鸠，翰飞戾天。”

【注疏】

- 《礼记·月令》：“鸣鸠拂其羽。”
- 《传》：“鸣鸠，鹘鵰。”鸠，鹘鸠。
- 《尔雅》：“鵻鸠，鹘鵃。”郭璞注：“似山鹊而小，短尾，青黑色，多声。今江东亦呼为鹘鵃。”

【考证】

鸣鸠，就是鹘鸠，而不是斑鸠。陆玑说鸣鸠是“斑鸠”，《埤雅》曰：“斑鸠项有绣文斑然，故曰斑鸠。则与此鹘鸠全异。”又据樊光注《尔雅》曰：“《春秋》云鹘鸠氏司事，春来冬去。”鹘鸠既冬始去，应为候鸟，而斑鸠为留鸟，二者不是一种鸟。《禽经》：“林鸟朝嘲，水鸟夜啄。”《埤雅》：“凡鸟朝鸣曰嘲，夜鸣曰啄。”鸣鸠喜朝鸣，应为林鸟。鹘鸠应从郭璞之说。

雏（zhuī）

（日）细井徇 绘

【出处】

《小雅 · 四牡》：“翩翩者雏，载飞载下。”

【注疏】

✿《传》：“鵻，夫不也。”

✿《通志》：“凡鸟之短尾者皆谓之隹，惟夫不专名焉。”

【考证】

鵻，就是祝鸠、鹁鸪、火斑鸠。鵻有四性，其一为慈念。《听声考详篇》曰：“雀声惨毒，鸠声慈念。”其二，鵻者壹鸟也，《埤雅》曰：“夫不，壹宿。”陆佃曰：“壹宿，妇之正也，夫或不然，故孔子欲多识鸟兽草木之名。”其三，鵻为孝鸟。《庄子》曰：“尸祝不越樽俎而代之。”陆佃曰：“祝鸠性壹而孝。”其四，鸠为不噎之鸟。《后汉书·礼仪志》：“八十九十，礼有加赐，玉杖长九尺，端以鸠鸟为饰。鸠者，不噎之鸟也，欲老人不噎。”

鵻，鸽形目，鸠鸽科。体型较小。常成对成群活动，主要吃植物果实、种子，偶食昆虫。

仓庚

（日）细井徇 绘

【出处】

《豳风·东山》：“仓庚于飞，熠燿其羽。”

【注疏】

- 《尔雅》：“仓庚，黧黄也。”郭璞注：“其色黧黑而黄，因以名云。”
- 《笺》曰仓庚“仲春而鸣，嫁取之候也”。又曰“温而仓庚又鸣，可蚕之候也”。
- 《本草纲目》：仓庚“立春后即鸣，麦黄椹熟时尤甚，其音圆滑，如织机声，乃应节趋时之鸟也”。

【考证】

仓庚，黄鹂也，又名黄莺、金衣公子。属黄鹂科。体长25厘米。雄鸟羽色金黄而有光泽，头部有通过眼周直达枕部的黑纹，翼和尾的中央黑色。雌鸟羽色黄中带绿。树栖，营悬巢于高树枝端。主食林中害虫。为候鸟，夏在中国和日本，冬迁至马来西亚、印度和斯里兰卡等地。鸣声婉转，常被饲养。

燕

（清）余省 绘

【出处】

《邶风·燕燕》：“燕燕于飞，差池其羽。”

【注疏】

✿《传》：“燕燕，鳦也。”

✿《尔雅》：“燕燕，鳦。”郭璞注：“一名玄鸟，齐人呼鳦。”

✿《礼记·月令》：仲春“玄鸟至”，仲秋“玄鸟归”。

✿《埤雅》：燕“筿口，布翅，枝尾”。

【考证】

燕，是燕科各种类鸟的通称。体型小，翼尖长，尾呈叉状。喙扁而短，口裂很深。家燕体长约 17 厘米，上体蓝黑色，额和喉部棕色，前胸黑褐相间，下体其余部分带白色，尾基有一行白点。飞行时捕食昆虫，为益鸟。营巢檐下，冬迁南方，春归居旧巢。

雉

（清）余省 绘

【出处】

《邶风·雄雉》："雄雉于飞，泄泄其羽。"

【注疏】

《易·离卦·说卦》：“离为雉。”

【考证】

雉，今曰野鸡。雄者有冠，长尾，身有文彩，善斗。离者火，其体文明，古称雉为“耿介之鸟”。牡者雄，既求其牡，故为雌雉。雄雉之鸣曰雊，雌雉之鸣曰鷕。雌雉无冠，文暗而尾短，其卵褐色。孵卵时雌避雄，潜伏之，恐雄食其卵。雉，飞曰雌雄，走曰牝牡。雉飞若矢，一往而墯，故字从矢。

雉属雉科，雄者体长近 90 厘米，羽毛华丽，颈下有一显著白色环纹，足后具距。雌者体形小，尾亦短，无距，全身砂褐色，具斑。雉善走不能久飞，栖于蔓生草莽的丘陵中，以谷类、浆果、种子、昆虫为食。又，雉类护疆善斗，虽飞不越分域。一界之内有，以一雄为长，余者虽众，莫敢鸣雊。

鷮（jiāo）

（日）细井徇 绘

【出处】

《小雅·车舝》：“依彼平林，有集维鷮。”

【注疏】

✿《尔雅》："鷮雉。"郭璞释曰："鷮鸡也，长尾，走且鸣。"

✿ 陆疏："鷮，微小于翟也，走而且鸣，曰鷮鷮。其尾长，肉甚美。故林虑山下人语曰：四足之美有麃，两足之美有鷮。"

✿《说文》："鷮，走鸣，长尾雉也。乘舆以为防釳，著马头上。"

✿《本草纲目》：鷮"自爱其尾，不入丛林，雨雪则岩伏木栖，不敢下食，往往饿死。故师旷云：'雪封枯原，文禽多死。'南方隶人，多插其尾于冠"。

【考证】

鷮，即白冠长尾雉。鸡形目，雉科。尾长六尺，多栖于山林。冬季成群活动，性机警，善奔跑，飞行速度快且持久。且走且鸣，性勇好斗。求偶时鸣声为"咕咕咕"。为森林益鸟，国家二级保护鸟类。

雁

(日) 细井徇 绘

【出处】

《邶风 · 匏有苦叶》：“雍雍鸣雁，旭日始旦。”

【注疏】

- 《笺》：“大曰鸿，小曰雁。”
- 《毛诗名物图说》引《博物志》：“雁色苍而鸿色白。”
- 徐鼎曰：“雁去来以时，避寒就温，北不逾瀚海，南不逾衡山。雁有四德：寒则南，热则北，信也；飞则有序，前鸣后和，礼也；失偶不再匹，节也；夜则群宿，一雁巡防，飞则衔芦以避缯缴，智也。”

【考证】

雁，属鸭科，大型游禽，大小、外形似家鹅，而小。嘴宽而厚。雌雄羽色相似，以淡灰褐色为主，布有斑纹，肉可食。常见的有鸿雁、豆雁、白额雁等。雁为候鸟，每年秋分后飞往南方，春分后飞回北方。

凫（fú）

（日）细井徇 绘

【出处】

《郑风·女曰鸡鸣》："将翱将翔，弋凫与雁。"

【注疏】

《尔雅》："鸍，沈凫。"郭璞注："似鸭而小，长尾，背上有文。今江东亦呼为鸍。"

陆疏："凫，大小如鸭，青色，卑脚，短喙，水鸟之谨愿者也。"

《本草纲目》："凫，东南江海湖泊中皆有之，数百为群，晨夜蔽天而飞，声如风雨，所至稻粱一空。"

《陆氏诗疏广要》："夜间往往闻有声类暴雨而疾至者，一夕凡数四，明讯其畛，曰凫鹥也。其曹蔽天而来，盖当田之禾，必竭其穗而后去。"

【考证】

凫，即野鸭。鸟纲，鸭科。狭义的指绿头鸭，广义的包括多种鸭科鸟类。肉美，古时为贡品。绒羽上乘。为经济水禽。古人因凫善水，故称游泳为"凫水"。《清史稿》："密令郭宝昌自全家集凫水支浮桥。"

鸳鸯

（清）余省　张为邦《清宫鸟谱》

【出处】

《小雅·鸳鸯》：“鸳鸯于飞，毕之罗之。”

【注疏】

✿《传》：“鸳鸯，匹鸟。”

✿《笺》：“言其止则相耦，飞则为双，性驯耦也。”

✿《古今注》：“鸳鸯，水鸟，凫类也。雌雄未尝相离，人得其一，则其一思而死，故谓之匹鸟也。”

【考证】

鸳鸯，鸟纲鸭科。雄鸟体长约 43 厘米。羽色绚丽，最内两枚三级飞羽扩大成扇形而竖立。眼棕色，外围有黄白色环；嘴红棕色。雌鸟稍小，背部苍褐色，腹部纯白。栖息内陆湖泊和溪流中。飞行力颇强。在中国内蒙古和东北北部繁殖；多筑巢于树洞内，产卵 6 至 10 枚。越冬在华南。为中国著名特产鸟。

鸢（yuān）

（日）细井徇 绘

【出处】

《小雅 · 四月》：“匪鹑匪鸢，翰飞戾天。”

【注疏】

✿ 郭璞《仓颉解诂》："鸢，鸱。"

✿《集传》引葛洪《抱朴子》："鸢之在下无力，及至乎上，耸身直翅而已。"

✿《埤雅》引《尔雅》："鸢，乌丑。其飞也翔。"丑，类。鸟高飞曰翱，布翼不动曰翔。

✿《列子》："班输之云梯，墨翟之飞鸢。"言墨子作木鸢，飞三日不集。

【考证】

鸢，俗谓老鹰。鸢可高飞，上薄云天。鸢属鹰科，体长 65 厘米，上体暗褐杂棕白色，下体为灰棕色带黑褐色纵纹，翼下有白斑，尾叉状。于高空常翔而翅不动。终年留居。甘南朗木寺山中之鸢，高半人，翅展 2 米余，在空中小如纸鸢。纸鸢，风筝。草类亦有"鸢尾"者，其叶极似鸢鸟之尾。清高鼎《村居》诗有："儿童散学归来早，忙趁东风放纸鸢。"

隼（sǔn）

（日）冈元凤绘

【出处】

《小雅·采芑》：“鴥彼飞隼，其飞戾天。”

【注疏】

✿《尔雅》：“鹰隼丑，其飞也翚。”是说隼亦鹰类，飞速疾。歍，鸟飞迅疾。翚者，大飞。

✿陆疏：“隼，鹞属也。齐人谓之击征，或谓之题肩，或谓之雀鹰，春化为布谷者是也。”

【考证】

隼，属隼科，一种猛禽，鹞类。善飞，以袭击其他鸟类而食，每发必中。“準”字由此得名。

《埤雅》曰：“鹰之搏噬不能无失，独隼为有准。”中国有小隼、游隼、燕隼、红脚隼等数种。谢朓诗曰：“常恐鹰隼击，时菊委严霜。”

鹰

(清) 余省 绘

【出处】

《大雅 · 大明》：“时维鹰扬。”

【注疏】

✿《尔雅》：“鹰，𫛞鸠。”

✿《左传》：“爽鸠氏司寇也。”杜预注：“鷞鸠，鹰鸟也，鸷，故为司寇，主盗贼。”

【考证】

鹰，属鹰科，嘴弯曲而锐，四趾具钩爪，性猛，食肉，昼间活动。因其性猛，故世界多国以其为国徽图案。

晨风

（日）细井徇 绘

【出处】

《秦风 · 晨风》：“鴥彼晨风。”

【注疏】

✿《尔雅》：“晨风，鹯。”郭璞注：“鹞属。”

✿ 陆疏：“鹯似鹞，黄色。燕颔、钩喙，向风摇翅，乃因风飞急，疾击鸠、鸽、燕、雀食之。”

✿《孟子》：“为丛驱爵者鹯也。”

【考证】

晨风，鸷鸟的一种，鹞属，一名鹯，鸣则大风，故名“晨风”。叫声尖利而重复，飞行如闪电，昼行性，觅食多在清晨或黄昏，主食雀形目小型鸟类。很少营巢，多占乌鸦、喜鹊旧巢。晨风为国家二级保护鸟类。有学者认为晨风即燕隼，栖于稀疏林区。

流离

(日) 细井徇 绘

【出处】

《邶风 · 旄丘》：“琐兮尾兮，流离之子。”

【注疏】

✿《传》：“琐尾，少好之貌。流离，鸟也，少好长丑。”

✿《尔雅》：“鸟少美长丑为鹠鷅。”郭璞注：“鹠鷅犹留离。”

✿陆疏：“流离，枭也。自关而西谓枭为流离。其子适长大，还食其母，故张奂云：‘鹠鷅食母。’许慎云：‘枭，不孝鸟是也。’”

【考证】

流离即枭，枭与鸮同物异名，枭又称山鸮、辛胡，猫头鹰类。夜行鸟，昼伏夜出，其声令人生畏，古称不孝鸟。

乌

（日）细井徇 绘

【出处】

《邶风·北风》：“莫赤匪狐，莫黑匪乌。”

【注疏】

✿《埤雅》：“乌，体全黑，远而不分别其睛也。乌一名鸦，其名自呼。”

✿《淮南子》：“乌之哑哑，鹊之唶唶。”

【考证】

乌鸦的雌雄一致，不易分辨。清周亮工《因树屋书影》云：“然乌其翼左掩右者为雄，右掩左者为雌。”另有一说为：焚其毛置水中，沉者为雄，浮者为雌。两种分辨法不知验否。《诗》中的乌分三种，“莫黑匪乌”者为“乌”；小而腹下白者为“雅乌”，即《小弁》的鸒斯；又有一种“白脰乌”，也称慈乌，为反哺孝乌。脰，脖子。所以反哺的，只是白项圈乌鸦。三种皆称乌鸦，均属鸦科。

乌鸦羽毛大多单纯，喙及足强壮，鼻孔常被鼻须。多巢于高树。杂食谷类、果实、昆虫、鸟卵、雏鸟及腐败动物尸体。其种广布全球。中国有大嘴乌鸦、秃鼻乌鸦、白颈鸦、寒鸦、渡鸦等。

鹌鹑

（清）余省 绘

【出处】

《魏风 · 伐檀》：“不狩不猎，胡瞻尔庭有县鹑兮？”

【注疏】

✿《毛诗名物图说》引《广雅》："䳺，鹑。鴽，鹌。"

✿《埤雅》："鹑无常居而有常匹。"

✿《本草纲目》："鹑大如鸡雏，头细而无尾，毛有斑点，甚肥。雄者足高，雌者足卑，其性畏寒，其在田野，夜则群飞，昼则草伏。"

【考证】

鹑、鹌之分在于有斑无斑。鹌鹑之雄者善斗。夜则群飞，昼则草伏。鹌鹑是经济鸟类，其卵之皮有斑色，有营养，今有饲养者。

宋梅尧臣有斗鹌鹑诗："脱命秋隼下，鸣斗自为勇。争雄在数粒，一败势莫拥。"

鸡

（日）细井徇 绘

【出处】

《王风 · 君子于役》：“鸡栖于埘，日之夕矣。”

【注疏】

- 《易·说卦》：“巽为鸡。”
- 《疏》：“巽主号令，鸡能知时，故为鸡也。”
- 《古今注》：“鸡，一名烛夜。”

【考证】

鸡，属鸟纲雉科家禽。喙短锐，有冠与肉髯。其雄者羽毛美艳，善斗，能司晨。雌者五至八月龄产卵，年产近百至二三百颗不等。卵重50至65克。孵化期20至22天，寿命约20年。鸡分为蛋用和肉用两种。

今陕西之西府，视鸡、凤为祥瑞物。古有秦穆公时“陈仓童子化为石雉”的故事。至唐明皇，因石雉啼鸣，遂改“陈仓”为“宝鸡”，即今之宝鸡市。宝鸡之名始于唐。

鸨（bǎo）

（日）细井徇 绘

【出处】

《唐风·鸨羽》：“肃肃鸨羽。”

【注疏】

✿《传》：“鸨之性不树止。”

✿陆疏：“鸨鸟似雁而虎文。连蹄，性不树止，树止则为苦，故以喻君子从征役为危苦也。”

✿《毛诗名物图说》引《酉阳杂俎》：“鸨遇鸷鸟，能激粪御之。粪者，毛悉脱。”不知真假。

【考证】

鸨，属鸨科，比雁略大，长可达一米，形亦近似。羽毛颈部为淡灰色，背部有黄褐和黑色斑纹，腹面近白色。常栖草原，群居，足强健而善跑。大鸨分布于今俄罗斯西伯利亚东南部及蒙古，冬迁中国华北及日本。肉可食。

唐权德舆诗曰：“静闻田鹤起，远见沙鸨聚。”鸨，也称翠鸨。宋吴泳诗曰：“梅柳阴中漫寄家，闲如翠鸨立晴沙。”

鹈

（清）余省 绘

【出处】

《曹风·候人》：“维鹈在梁，不濡其翼。”

【注疏】

✿《尔雅》：“鹈，鴮鸅。”郭璞注：“今之鹈鹕也。好群飞，沉水食鱼，故名洿泽。俗呼之为淘河。”

✿陆疏：“鹈，水鸟。形如鹗而极大，喙长尺余，直而广，口中正赤。颔下胡大如数升囊。好群飞，若小泽中有鱼，便群共抒水，满其胡而弃之。令水竭尽，鱼在陆地，乃共食之，故曰淘河。”

✿《淮南子》：“鹈胡饮水数斗而不足。”

【考证】

鹈鹕，属鹈鹕科，亦称“伽蓝鸟”“淘河鸟”“塘鹅”，大型水禽，体长可达2米。羽毛白色，翼大而阔，四趾间有全蹼相连。下颌底部有一大喉囊，能伸缩，可兜食鱼类。鹈鹕喙长30多厘米，其喉囊可容水10升。能从高空几十米迅疾下冲捕鱼。喜群居，栖于沿海湖沼、河川地带。

今美国路易斯安那州的州币上铸有鹈鹕鸟图案，鹈鹕是该州州鸟。唐元稹《独游》诗有：“鹈鹕满春野，无限好同声。”

鹳（guàn）

（日）细井徇 绘

【出处】

《豳风·东山》："鹳鸣于垤，妇叹于室。"

【注疏】

《笺》："鹳，水鸟也，将阴雨则鸣。"

陆疏："鹳，鹳雀也。似鸿而大，长颈、赤喙、白身、黑尾翅。树上作巢，大如车轮。卵如三升杯。望见人，按其子令伏，径舍去。一名负釜，一名黑尻，一名背灶，一名皂裙。又泥其巢，一傍为池，含水满之，取鱼置池中，稍稍以食其雏。若杀其子，则一村致旱灾。"

《博物志》："鹳，水鸟也。伏卵时，卵冷则不沸，取礜石周绕卵，以时助燥气。"礜石，可祛寒湿。

《禽经》："鹳俯鸣则阴，仰鸣则晴。"

【考证】

鹳，鹳科鸟类的通称，大型水禽。形似鹤也似鹭，嘴长而直。翼长大而尾圆短，飞翔轻快。活动于溪流近旁，夜宿高树。食鱼、蛙、蛇和甲壳类。黑鹳体长一米，上体从头至尾、两翼及胸部均黑色，泛紫绿光泽，下体其余部分纯白。白鹳比黑鹳大，头、颈、背均白。均在北方繁殖，在江南越冬。

鹙（qiū）

（日）细井徇 绘

【出处】

《小雅 · 白华》：“有鹙在梁。”

【注疏】

✿《传》：“鹙，秃鹙也。”

✿《埤雅》：“鹙性贪恶，今俗呼秃鹙，一名扶老。状如鹤而大，长颈，赤目，其毛辟水毒，头高八尺，善与人斗，好啗蛇。”

【考证】

鹳顶无丹，鹙顶无毛。鹙至秋而头秃，故曰秃秋。又如扶老之杖，而名扶老。

《资治通鉴》载：南齐皇帝萧鸾死，太子萧宝卷立，“大中大夫羊阐入临，无发，号恸俯仰，帻遂脱地，帝辍哭大笑，谓左右曰：‘秃鹙啼来乎。’”帻，包头之巾。帨，佩巾。鹙张翼广五六尺，举头高七八尺，比鹤大，为鸟之大者。其色青苍，长颈赤目，头顶皆无毛。其顶皮方二寸，红色，如鹤顶。嘴扁直，深黄色。足如鸡爪，黑色。

鹥（yī）

（日）细井徇 绘

【出处】

《大雅 · 凫鹥》：“凫鹥在泾。”

【注疏】

✿《禽经》：“鸥，信鸟也，信不知用。”

✿《埤雅》：“鹥，凫属。苍黑色。凫好没，鹥好浮，故鹥一名沤。”

✿《本草纲目》：“鸥者，浮水上，轻漾如沤也。鹥者，鸣声也。鹝者，形似也。在海者名海鸥，在江者名江鸥，江夏人讹为江鹅也。海中一种随潮往来，谓之信凫。”“鸥生南方江海湖溪间。形色如白鸽及小白鸡，长喙长脚，群飞耀日，三月生卵。”沤，水泡。江夏，今武汉。

【考证】

鹥之状，如《本草纲目》所说。《离骚》：“驷玉虬以乘鹥兮。”《山海经》：“有五采之鸟，飞蔽一乡，名为翳鸟。”鹥即鸥，是鸥科鸟类的统称，常见的有红嘴鸥、黑尾鸥等。

桑扈（hù）

（日）细井徇 绘

【出处】

《小雅·桑扈》：“交交桑扈，有莺其羽。”

【注疏】

✿《尔雅》：“桑扈，窃脂。”郭璞注：“俗谓之青雀，觜曲，食肉，好盗脂膏，因名云。”

✿ 陆疏：“桑扈，青雀也。好窃人脯肉脂及筩中膏，故曰窃脂。”

✿《毛诗名物解》：“性好集桑，故因以桑，则九扈之名也。户所以闭，邑所以守，故谓之扈。”

【考证】

《本草纲目》称桑扈为“蜡嘴雀”，“其嘴或淡白如脂，或凝黄如蜡，故古名窃脂，今名蜡嘴”。所以桑扈非盗故，或因嘴淡如脂故。《淮南子》有“桑扈不啄粟”之说。盖桑扈肉食昆虫故。按桑扈主食植物种子，繁殖期或食昆虫。

桑扈，即青雀，有黑头蜡嘴雀、黑尾蜡嘴雀等多种，喜群集，鸣声悦耳，为连串哨音和颤音。今有笼养者。

桑扈或为“隐士”之代名。《楚辞·九章·涉江》：“桑扈裸行。”王逸注：“桑扈，隐士也。”

鸒斯（yù sī）

（清）余省　张为邦《清宫鸟谱》

【出处】

《小雅·小弁》："弁彼鸒斯，归飞提提。"

【注疏】

《尔雅》：“鸒斯，鹎鶋。”郭璞注：“鸦乌也。小而多群，腹下白。”

《说文》：“雅，楚乌也。一名鸒，一名卑居。秦谓之雅。”

【考证】

鸒，是乌鸦的一种，腹下白者。或谓“斯”是语辞，其鸟名单称“鸒”。宋陈棣诗曰：“应怜波底无双鲤，直恐樽前有鸒斯。”

鹑（tuán）

（清）余省　张为邦《清宫鸟谱》

【出处】

《小雅·四月》：“匪鹑匪鸢，翰飞戾天。”

【注疏】

✿《传》：“鹑，雕也。”

✿《说文》：“鷻，雕也。从鸟，敦声。”

✿《埤雅》：“雕能食草，似鹰而大，黑色，俗呼‘皂雕’，一名‘鷻’，其飞上薄云汉。”

✿《淮南子》：“鸟有沸波者。”高诱注：“鸟，大雕也。”

【考证】

鹑，又称雕，隼形目，鹰科。尾长，翅短，土黄色，六翮乘风轻劲，其翮堪为箭羽。空中盘旋，无微不见。亦捕食鸟兔。

鸮（xiāo）

（清）余省　张为邦《清宫鸟谱》

【出处】

《陈风·墓门》：“墓门有梅，有鸮萃止。”

【注疏】

✿ 胡承珙《毛诗后笺》：“《诗》或言鸮，或言鸮，或言鸮鸮，皆一物也。”

【考证】

鸮，亦称猫头鹰。鸟纲，鸮形目各种鸟的通称。周身羽毛大多为褐色，散缀细斑。夜间或黄昏活动，主食鼠类、小鸟或昆虫。应视为农林益鸟。

第四章　兽

鹿

（日）细井徇 绘

【出处】

《小雅 · 鹿鸣》：“呦呦鹿鸣，食野之苹。”

【注疏】

✿《说文》：“鹿，兽也。”

✿《尔雅》：“鹿：牡，麚；牝，麀。其子，麛。”是说雄鹿叫麚，雌鹿叫麀，小鹿叫麛。

✿《埤雅》引北魏杨承庆《字统》：“鹿性警防，群居，分背而食，环角向外，以备人物之害。”

【考证】

鹿生森林中，四肢细长，其性温顺，雄者生有枝之角，每年脱换，年增一枝，既老则否。壮时毛茶褐色，有白星斑纹，俗称梅花鹿。雌者无角，毛色较淡。种类很多。雌雄均无角者有麝、獐等。中国鹿属有麝、麂、水鹿、梅花鹿、白唇鹿、马鹿、麋鹿、驼鹿、驯鹿、獐、狍等，皆属鹿科。

鹿之大者称麈，其行以麈尾为向导。麈尾，可作拂尘，古之清谈者及宦者常持之挥动。鹿之皮可御寒，肉可食。其肉、茸、血、胎、骨、筋、尾、角、髓、麝等均可入药。

蔡邕《琴操》：“此言禽兽得美甘之食，尚知相呼，伤时在位之人不能，乃援琴而刺之，故曰鹿鸣也。”

驺虞（zōu yú）

（日）《怪奇鸟兽图卷》

【出处】

《召南·驺虞》：“于嗟乎驺虞。”

【注疏】

✿《说文》："驺，厩御也。""虞，驺虞也。白虎黑文，尾长于身。仁兽，食自死之肉。"

✿《集传》："驺虞，兽名，白虎黑文，不食生物者也。"

✿《史记·滑稽列传》："其齿前后若一，齐等无牙，故谓之驺牙。"

✿ 陆疏："驺虞，……不食生物，不履生草。"

✿ 顾野王《玉篇》："驺虞，义兽。至德所感则见。"

【考证】

驺虞，有二解：一是《说文》等所说的神兽；二是《诗》中所说的猎人。《诗》中之驺虞依贾谊之说：驺虞为驺人、虞人，非兽也。明杨士奇《驺虞诗》曰："食不生物，性麟之仁。"

龙（máng）

（日）细井徇 绘

【出处】

《召南·野有死麕》："无使尨也吠。"

【注疏】

❀《传》：“尨，狗也。”

❀《说文》：“尨，犬之多毛者。”

❀《本草纲目》：“狗，叩也。吠声有节，如叩物也。或云为物苟且，故谓之狗。”

【考证】

按日本学者细井徇所绘《诗经》之尨图为长毛犬状。尨，为蓬松之意，即尨茸，《左传·僖公五年》“狐裘尨茸”即是。张衡《思玄赋》：“尉尨眉而郎潜兮。”是说颜驷尨眉皓发。古以“尨眉”指老人之长眉花白。

尨属犬科。犬是人类最早驯化的家畜。其耳短直立或长大下垂，听觉、嗅觉灵敏。犬齿锐利，舌长而薄，能散热。前肢五趾，后肢四趾，有钩爪。尾上卷或下垂。对主人忠实，可守户，可军用。品种很多，略通人语。

兕（sì）

（清）余省 张为邦《清宫兽谱》

【出处】

《小雅·何草不黄》：“匪兕匪虎，率彼旷野。”

【注疏】

《山海经·海内南经》："兕在舜葬东，湘水南，其状如牛，苍黑，一角。"

《尔雅》："似牛。"郭璞注："一角，青色，重千斤。"

【考证】

《十三经辞典·毛诗卷》确认兕是"古代犀牛一类的独角兽。皮厚，可制甲"。《左传·宣公二年》："牛则有皮，犀兕尚多，弃甲则那？"也可证明兕或存在。

朱熹说兕是野牛，又有人说兕是雌犀，《尔雅》说兕似牛，犀似豕。然郭璞却言之凿凿："（犀）形似水牛，猪头，大腹，痺脚。脚有三蹄，黑色。三角，一在顶上，一在额上，一在鼻上。鼻上者，即食角也。小而不椭，好食棘。亦有一角者。"兕，至今无定论。

马

(日) 细井徇 绘

【出处】

《周南 · 卷耳》： “我马虺隤。”

【注疏】

✿《说文》:“马，怒也，武也。象马头、髦、尾、四足之形。”

【考证】

马，属奇蹄目马科，为草食性役用家畜。耳小直立，面长。额、颈上缘及尾等有长毛。四肢强健，内侧有附蝉。附蝉是马腿内侧的角质胼胝。《酉阳杂俎》曰：“夜眼名附蝉。”马的第三趾最发达，趾端为蹄，其余各趾退化。三四岁开始育种，妊娠期十一个月，每胎一只，寿命30年。马，可挽，可骑，可军用。挽者，拉，牵。

元代杨维桢《些马赋》是一首为马送葬的挽歌词。赞马曰：“灵奇俶傥生渥流，肉鬃星尾文龙虬，协图特出兮应世求。”又挽其马曰:“骏兮来归乎,江险不可以久留。”“些”音“所”，去声，楚地语辞。“星尾”，马尾如彗星。“渥流”，地名，出神马。“协图”，龙马负图。

今西安碑林博物馆戟门北之西侧有一大型石刻“大夏石马”，石刻艺术馆有“昭陵六骏”，均为极佳之艺术品。李贺《马诗》：“此马非凡马，房星本是星。”房星在古时象征天马，今属天蝎星座。

兔

(清) 冷枚 绘

【出处】

《周南 · 兔罝》：“肃肃兔罝。”

【注疏】

✿《楚辞 · 天问》：“厥利维何，而顾菟在腹。”

【考证】

兔，属兔科，属哺乳动物，胎生。齿尖利，上唇中央有缺裂，赤眼长须，足前短后长，尾短上翘。前肢五趾，后肢四趾。善跃，胆小，听觉、嗅觉都敏锐，繁殖力强。

关于兔的其他说法还有《毛诗名物图说》引《古今注》：“兔口有缺，尻有九孔。”《论衡》：“兔吮舐毫而怀子，……及其生子，从口而出。”《博物志》：“兔望月而孕，口中吐子。”崔豹、王充、张华等人之说都很有趣。

鼠

（日）细井徇 绘

【出处】

《鄘风 · 相鼠》：“相鼠有皮，人而无义。”

【注疏】

✿《说文》：“鼠，穴虫之总名也。象形。”

【考证】

鼠，哺乳纲啮齿目部分动物的通称。鼠无犬齿，门齿很发达，无齿根，终生持续生长，常借啮物以磨短。繁殖迅速，鼠孕一月而生，多者六七子。

《尔雅》中谈到的种类有十余种。至于“相鼠”，一种说法为：相，视也。相鼠，观视老鼠。另一种说法认为：相鼠是相州之鼠。陆玑曰：“今河东有大鼠，能人立，交前两脚于颈上，跳舞善鸣。”韩愈《城南联句》诗云：“礼鼠拱而立。”《关尹子》更说：“师拱鼠而制礼。”看来，先有相鼠之礼而后人才有礼，人之礼师于鼠。

陆佃曰：“鼠有齿而无牙。”《说文》：“牙，牡齿也。”在古代，牡齿非臼齿，牙是臼齿。当唇者为齿，面颊之后者称牙。“无牙”即无臼齿。

羊

（清）余省 张为邦 《清宫兽谱》

【出处】

《召南·羔羊》：“羔羊之皮，素丝之紽。”

【注疏】

✿《说文》：“羊，祥也。从䒑，象头、角、足、尾之形。”

✿《毛诗名物图说》引陆德明《释文》：“小曰羔，大曰羊。”

✿《尔雅》云：“牝，牂。”即《小雅·苕之华》“牂羊坟首”中的牂。又云：“未成羊，羜。”即《小雅·伐木》“既有肥羜”中的羜。

【考证】

羊，为牛科部分动物的统称，种类较多，如绵羊、山羊、黄羊、羚羊、青羊、盘羊、岩羊等。羊之毛有黑白，叫声“阿咩”，孕四月生子。其目无神，其肠薄回。

《毛诗名物图说》引董仲舒《春秋繁露》赞羊之德曰：“羔有角而不用，如好仁者。执之不鸣，杀之不嗥，类死义者。饮其母必跪，类知礼者。”《本草纲目》：“生江南者为吴羊，头身相等而毛短。生秦晋者为夏羊，头小身大而毛长，土人二岁而剪其毛以为毡，谓之绵羊。”羊之头、蹄、血、乳、心、肺、肾、肝、胆、胃、头骨、尾骨等均可入药。

麕（jūn）

（日）细井徇 绘

【出处】

《召南 · 野有死麕》：“野有死麕，白茅包之。”

【注疏】

- 《尔雅》：“麕：牡，麌；牝，麜；其子，麆。”
- 《说文》：“麕，獐也。”
- 《集传》：“麕，獐也，鹿属，无角。”
- 《埤雅》：“麕鹿皆健骇，而麕性胆尤怯，饮水见影辄奔。”

【考证】

麕，即獐子，偶蹄目，鹿科。似鹿而小，无角，黄黑色，胆小。

《尔雅》古、今本麌、麜互倒，古本作：“麕，牡麜，牝麌。”今说雌、雄，不论麜、麌。清徐鼎所绘麕图有二角，当误。

有说獐耳三歧，有一种草药叶亦三歧，人称“獐耳细辛”。但日本细井徇所绘之麕图中其耳非三歧。

宋魏了翁词曰：“虎嗥川谷，麕惊林薄。”

猫

（日）细井徇 绘

【出处】

《大雅 · 韩奕》：“有猫有虎。”

【注疏】

✿《传》：“猫，似虎浅毛者也。”猫，浅毛虎。

✿《埤雅》：“鼠善害苗，而猫能捕鼠，去苗之害，故猫之字从苗。”

✿《礼记·郊特牲》：“迎猫，为其食田鼠也。迎虎，为其食田豕也。迎而祭之也。”

【考证】

“迎猫”为古八蜡之一。张岱《夜航船》曰：“猫出西方天竺国，唐三藏携归护经，以防鼠啮，始遗种于中国，故‘猫’字不见经传。《诗》有‘猫’，《礼记》迎‘猫’，皆非此猫也。”张岱否定了《诗》和《礼记》之猫为今之猫。

今猫，属猫科。趾底有脂肪质肉垫，故行而无声。猫有多种，其色不一。今猫，狸身虎面，柔毛利齿。其眼睛可定时：子午卯酉如一线，寅申巳亥如满月，辰戌丑未如枣核。猫孕两月而生子，鼻端常冷，唯夏至一日暖。

虎

(日)《帝室博物馆图谱》

【出处】

《邶风·简兮》：“有力如虎。”

【注疏】

✿《尔雅》：“虪，白虎。虪，黑虎。”郭璞注：“汉宣帝时，南郡获白虎，献其皮、骨、爪牙。”又曰：“晋永嘉四年，建平秭归县槛得之。状如小虎而黑，毛深者为班（斑）。”

✿《山海经》：“幽都山多玄虎、玄豹。”

【考证】

《埤雅》认为：《简兮》之“有力如虎”，言其勇；《常武》之“阚如虓虎”，言虎之自怒虓然；《何草不黄》之“匪兕匪虎”，言先王驱而远之，则“率彼旷野”。

虎，属猫科。头大而圆，体长近两米，尾长一米余，体呈淡黄或褐色，有黑色横纹，尾有黑色环纹。背部色浓，唇、颌、腹侧和四肢内侧白色。食肉。每孕产崽二至四只。分布在今俄罗斯西伯利亚以南至印度尼西亚和印度。中国现有野生东北虎，而野生华南虎已绝灭。

豝（bā）

（清）余省　张为邦《清宫兽谱》

【出处】

《小雅 · 吉日》：“发彼小豝。”

【注疏】

- 《尔雅》：“牝，豝。”
- 《传》：“豕，牝曰豝。”

【考证】

豝有四义：一为母猪，郑玄注《传》；二为两岁的猪，见《广雅·释兽》；三为大猪，何承天曰：“渔阳以大猪为豝。”四通羓，干肉。在《召南·驺虞》和《小雅·吉日》中，豝为母猪。豝，《本草纲目》：“牡曰豭，曰牙；牝曰彘，曰豝。”《说文》：豕“象毛足而后有尾”。

猪属猪科，由野猪驯化而来。中国饲养猪有几千年的历史。其体躯肥满，四肢短小，鼻面短凹或平直，耳下垂或竖立。妊娠期 114 天，胎产 6 至 15 崽。性温顺，体强健。肉质优良，为经济畜类。

狐

（日）细井徇 绘

【出处】

《邶风·北风》：“莫赤匪狐。”

【注疏】

- 《黄帝内经·素问》：“其主毛显狐貉，变化不藏。”
- 《说文》：“狐，妖兽也。”

【考证】

狐，兽名，今称狐狸。属犬科，体长70厘米，尾长45厘米。呈赤褐、黄褐等色，耳背有黑毛，尾尖白色。尾基部有一小孔，分泌恶臭。狐有北狐、南狐之分。生殖期为小群，其后独居。其形似狼，性多疑，皮毛珍贵。

《说文》言：狐“有三德：其色中和，小前大后，死则丘首。”《毛诗名物图说》引晋伏滔《北征记》云：“河冰厚数丈，冰始合，车马未过，须狐先行。此物善听，水无声乃过。”狐，孤也。善疑则不可合类，故字从孤。《易·未济卦》卦辞：“小狐汔济，濡其尾。”是说狐渡翘尾，湿了尾，不算成功。

象

（日）《帝室博物馆图谱》

【出处】

《鄘风·君子偕老》："象服是宜。"

【注疏】

- 《左传·襄公二十四年》：“象有齿以焚其身，贿也。”
- 《字说》：“象齿感雷。”

【考证】

《诗》中所说的“象服”是古代后妃、贵妇人所穿的礼服，其上绘有各种物象作为装饰，就是朱熹所说的“法度之服”。而《诗》中“象之揥也”，“象揥”乃以象牙做的搔头用具，亦用为首饰。象，象骨；揥，所以摘发也。此外，《小雅·采薇》中的“象弭”，《鲁颂·泮水》中的“象齿”等，都涉及“象”。

象属象科，是陆地上最大的哺乳动物。体高3米，皮厚毛少，肢粗如柱。鼻与上唇愈合成圆筒状长鼻，鼻端有指状突起一个或两个，上颌之二门齿大而长。象有非洲象、亚洲象两种。亚洲象分布在南亚，鼻端具一指状突起，仅雄象有发达的象牙。非洲象有鼻突起二，雌雄均有象牙。

牛

（清）余省 张为邦 《清宫兽谱》

【出处】

《王风 · 君子于役》：“日之夕矣，羊牛下来。”

【注疏】

《说文》："牛，大牲也。……象角头三、封、尾之形。"段玉裁注："角头三者，谓上三岐者，象两角与头为三也。……封者，谓中画象封也。封者，肩甲坟起之处，字亦作犎。尾者，谓直画下垂象尾也。"

柳宗元《牛赋》："牛之为物，魁形巨首。垂耳抱角，毛革疏厚。牟然而鸣，黄钟满脰。抵触隆曦，日耕百亩。"

【考证】

按牛，属牛科，一般有角，四趾，属偶蹄动物。上颚无门齿，胃分四室，食草反刍。体重数百公斤至千余公斤。牛有乳用、肉用、役用等种。

狼

（日）《帝室博物馆图谱》

【出处】

《豳风·狼跋》：“狼跋其胡。”

【注疏】

✿《尔雅》："狼，牡，獾；牝，狼；其子，獥；绝有力，迅。"

✿ 陆疏："狼，牡名獾，牝名狼，其子名獥。有力者，名迅。其鸣能小能大，善为小儿啼声，以诱人。"

✿《礼记·玉藻》："君之右虎裘，厥左狼裘。"

✿《毛诗名物图说》："狼大如狗，苍色，南人呼为毛狗。锐头，尖喙，白颊，骈肋，高前广后。狈足前短，能知食所在，狼足后短，负之而行，故曰狼狈。又狼聚物不整，谓之狼藉。古者烽火取狼粪，盖骈肋直肠，取其粪烟直上也。"

【考证】

狼属犬科。足长，体瘦，尾垂于后肢之间，嘴尖、口阔、眼斜，耳竖立不曲。黑褐色，性凶暴，寿命 10 至 15 年，是畜牧业之害兽，也伤人类。

貉（hé）

（日）《帝室博物馆图谱》

【出处】

《豳风·七月》：“一之日于貉。”

【注疏】

✿《毛诗名物图说》引刘桢《毛诗义问》：“狐之类，貉、貒、狸也。”

✿《埤雅》：“貛貉同穴而异处，貛之出穴以貉为导。”

✿《集传》：“貉，狐狸也。于貉，犹言于耜，谓往取狐狸也。”

✿《论语》：“狐貉之厚以居。”

【考证】

貉属犬科，形如狐，但体胖，尾短，尾毛蓬松，吻尖，耳短圆。两颊有长毛，体棕灰色，四肢和胸腹几近黑色，眼部各有一片黑褐色斑纹。貉又称狗貛。貉穴处，昼伏，夜出捕食，嗜睡。七闽九貉，古以貉为师祭。毛皮珍贵，尾毛可制毛笔。

狸

(日) 细井徇 绘

【出处】

《豳风 · 七月》： “一之日于貉，取彼狐狸。”

【注疏】

✿《说文》："狸，伏兽，似貙。"段玉裁注曰："伏兽谓善伏之兽……即俗所谓野猫。"

✿《尔雅》："狸、狐、貒、貀丑，其足，蹯；其迹，内。"蹯，兽足。郭璞注："皆有掌蹯，内指头处。"

✿《埤雅》："狸之伺物，卑身而伏，以候敖者。似貙而小，文采斑然，异于貒貉。"敖，同遨，游者。

【考证】

狸实为"豹猫"，也称钱猫、山猫、狸子、狸猫。属猫科。全身浅棕色，有许多褐色斑点，从头顶到肩部有四条棕褐色纵纹，两眼内缘向上各有一白纹。肉食类，皮可制裘。

鱼

（日）细井徇 绘

【出处】

《小雅 · 采薇》：“四牡翼翼，象弭鱼服。”

【注疏】

陆疏："鱼服，鱼兽之皮也。鱼兽似猪，东海有之。一名鱼狸。其皮背上斑文，腹下纯青。今以为弓鞬步叉者也。"

【考证】

陆玑认为用鱼狸之皮做的盛矢器，即《诗》中的鱼服。其后之朱熹、邓翔等学者皆依陆疏。日本细井徇所绘的"鱼"图，正是水中的鱼狸。

张衡赋有："白龙鱼服，见困豫且。"是说非鱼而为鱼之服，以喻尊者易装为贱人也。刘向《说苑》云："白龙下清冷之渊"，"化为鱼"。

熊

(日) 细井徇 绘

【出处】

《小雅 · 斯干》： “维熊维罴。”

【注疏】

✿《说文》：“熊，兽。似豕，山居，冬蛰。”

✿陆疏：“熊能攀缘上高树，见人则颠倒自投地而下。冬多入穴而蛰，始春而出。”

✿《尔雅》：“罴，如熊，黄白文。”郭璞注：“似熊而长颈高脚，猛憨多力，能拔树木。”

【考证】

熊属哺乳纲熊科，有白熊、棕熊等多种。熊好举木而引气，谓之“熊经”，即《庄子》所谓“熊经鸟伸”，是一种养生法。状如熊攀树自经，鸟飞空伸脚。

唐卢象诗曰：“腊月闻山鸟，寒崖见蛰熊。”

豺

（日）《帝室博物馆图谱》

【出处】

《小雅 · 巷伯》：“取彼谮人，投畀豺虎。”

【注疏】

✿《说文》：“豺，狼属，狗声。”

✿《埤雅》：“豺似狗而长，尾白，颊高前广后，其色黄。季秋取兽，四面陈之，以祀其先，世谓之‘豺祭兽’。”

✿《本草纲目》：“豺，……其形似狗而颇白，前矮后高而长尾。”又曰：“其牙如锥而噬物，群行虎亦畏之。又喜食羊，其声如犬。”

【考证】

豺属犬科，体较狼小，体色棕红，尾末端黑色，腹部和喉白色，性凶猛。俗称“豺狗”“赤毛狼”。肉、胃入药。为国家二级保护动物。

古诗中豺与狼、虎并用。蔡文姬《悲愤诗》有“出门无人声，豺狼号且吠”。狼号豺吠。王粲《七哀》：“西京乱无象，豺虎方遘患。”

猱（náo）

（日）细井徇 绘

【出处】

《小雅·角弓》：“毋教猱升木。”

【注疏】

✿《传》：“猱，猿属。”

✿《笺》：“猱之性善登木。”

✿陆疏：“猱，猕猴也。楚人谓之沐猴，老者为玃，长臂者为猨，猨之白腰者为獑胡，獑胡猨骏捷于猕猴。”

【考证】

猱即今猕猴。张岱《夜航船》云：“沐猴，小猴也，出罽宾国。”亦有民间之“弄猴”，即耍猴戏者所驯之猴，戴面具，披衣着冠，耍杂技如人者。据《夜航船》引《幕府燕闲录》：“唐昭宗播迁，随驾伎艺人止有弄猴者。猴颇驯，能随班起居，昭宗赐以绯袍，号孙供奉。”

麟

（日）《怪奇鸟兽图卷》

【出处】

《周南 · 麟之趾》：“麟之趾。”

【注疏】

✿ 陆疏："麕身，牛尾，马足，黄色，圆蹄，一角。角端有肉，音中钟吕，行中规矩。游必择地，详而后处。不履生虫，不践生草。不群居，不侣行。不入陷阱，不罹罗网。王者至仁则出。今并州界有麟，大小如鹿，非瑞应麟也。"

✿《笺》："麟角之末有肉，示有武而不用。"

【考证】

麟为中国古代传说中的仁兽，与凤、龟、龙合称四灵。《春秋》：哀公"十有四年春，西狩获麟"。《孔丛子》：夫子泣曰："予之于人，犹麟之于兽也，麟出而死，吾道穷矣。"孔子相信麟之说，唐玄宗作诗叹孔子曰："叹凤嗟身否，伤麟怨道穷。"

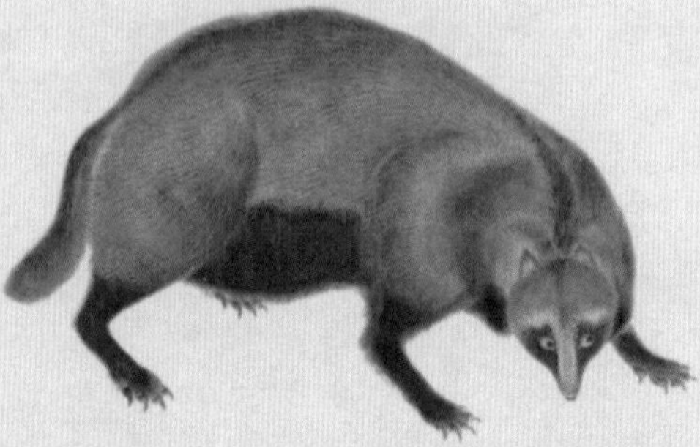

貆（huán）

（日）《帝室博物馆图谱》

【出处】

《魏风·伐檀》：“不狩不猎，胡瞻尔庭有县貆兮？”

【注疏】

《字林》：“貆似狐，善睡，其子名貆。”

【考证】

貆即狟，有四义：一为貉子，《尔雅》：“貆子，貆。”貆，同貉。郑玄《笺》：“貉子曰貆。”二为豪猪，《山海经·北山经》谯明之山“有兽焉，其状如貆而赤豪”，郭璞注：“貆，豪猪也。”三通獾，《本草纲目》：“獾又作貆，亦状其肥钝之貌。”四为貆豚，《淮南子·齐俗训》：“貆貉得埵防。”注曰：貉，狟豚。埵防，水堤。依朱熹说，《伐檀》诗中的“貆”为貉类。

卢

（清）《十犬图册》

【出处】

《齐风·卢令》：“卢令令，其人美且仁。”

【注疏】

- 《传》：“卢，田犬。”
- 《正义》：“犬有田犬，有守犬。”
- 孔疏引《战国策》：“韩国卢，天下之骏犬也。”田犬善逐兔。

【考证】

韩卢，战国时韩国的名犬，色黑，故名卢。

宋王炎诗曰：“何况平生非猎师，何须有犬如韩卢。”

豹

（日）《帝室博物馆图谱》

【出处】

《大雅 · 韩奕》：“赤豹黄罴。”

【注疏】

✿《埤雅》：“豹，一名程。《列子》曰程生马。古诗曰：饿狼食不足，饥豹食有余。”

✿《楚辞 · 山鬼》：“乘赤豹兮从文狸。”

✿ 陆疏：“毛赤而文黑，谓之赤豹。”

✿《山海经 · 海内经》：幽都之山有“玄豹玄虎”。

✿《本草纲目》：“其文如钱者，曰金钱豹，宜为裘。如艾叶者，曰艾叶豹。”

【考证】

豹属猫科，体较虎小，有黑色斑纹，善奔跑。有金钱豹、云豹、雪豹等品种。《韩奕》诗中的赤豹指红皮豹。宋王柏诗曰：“应有山灵乘赤豹，千年呵护青瑶镌。”

貔（pí）

徐鼎 绘

【出处】

《大雅 · 韩奕》："献其貔皮。"

【注疏】

✿《尔雅》：“貔，白狐。其子，豰。”郭璞注：“一名执夷，虎豹之属。”

✿陆疏：“貔似虎，或曰似熊，一名执夷，一名白狐，其子为豰。辽东人谓之白罴。”

【考证】

貔是古籍中的一种猛兽。又有貔貅，也是古籍中的猛兽名。《礼记·曲礼上》：“前有挚兽，则载貔貅。”古时行军，前面若有猛兽，就举起画有貔貅的旗帜以警众。

古以貔貅喻勇猛的军士，《晋书·熊远传》：“命貔貅之士，鸣檄前驱。”今以貔貅为招财之祥瑞物，其与龙、凤、麟等均为虚构之物种。杜甫诗曰：“遂使貔虎士，奋身勇所闻。”

犀

(清) 余省 张为邦 《清宫兽谱》

【出处】

《卫风 · 硕人》："齿如瓠犀。"

【注疏】

✿《传》：“瓠犀，瓠瓣。”

✿《集传》：“瓠犀，瓠中之子，方正洁白，而比次整齐也。”

【考证】

犀，一为瓠中之子。又一意为兵器锋利，《汉书·冯奉世传》：“器不犀利。”晋灼曰：“犀，坚也。”第三意为兽名，俗称犀牛。

犀，属哺乳纲犀科，其体粗大，吻上有一角或二角。前肢三或四趾，后肢三趾。门齿不发达，无上犬齿。毛极稀少，皮厚而韧，多皱，体色微黑，植食性。犀牛是现存体型仅次于大象的陆地动物，体长 2.2 至 4.3 米，肩高 1.1 至 2.05 米，体重 500 至 3600 千克不等。《汉书·平帝纪》：“黄支国献犀牛。”犀角，称“通犀”“灵犀”，可入药。

今西安碑林博物馆的石刻艺术馆有一巨大的唐代犀牛石雕，身有鳞片，1963 年由唐李虎陵前移入。

第五章　虫

虿（chài）

(明）文俶 绘

【出处】

《小雅 · 都人士》：“彼君子女，卷发如虿。”

【注疏】

✿《左传·僖公二十二年》："蠭虿有毒。"《正义》曰："《通俗》文云：虿长尾谓之蝎。"

【考证】

虿者，蝎类。虿螫人史有载，《三国志·魏书·华佗传》："彭城夫人夜之厕，虿螫其手，呻呼无赖。佗令温汤近热，渍手其中。"《诗》中的"卷发如虿"，《笺》曰："虿，螫虫也。尾末揵然，似妇人发末曲上卷然。"揵，翘起。《毛诗名物图说》引《说文》："蝎虿，尾虫也。长尾为虿，短尾为蝎。"

虿，蝎类。虿是蝎的一个种属。蝎，也称钳蝎，属蜘蛛纲钳蝎科，是最古老的陆生节肢动物。据《华商报》2020年11月11日载，蝎子最早出现于四亿三千万年前的希留利亚纪，全世界有蝎子1700余种，中国有15种，陕西仅有1种，名"东亚钳蝎"。蝎子的体壁层中有一层荧光物质，用紫外光一照，即于黑夜中显出全形。蝎子的寿命为8年左右，每年11月上旬，蝎子入蛰冬眠。蝎子可入药。

蜉蝣

（日）细井徇 绘

【出处】

《曹风 · 蜉蝣》：“蜉蝣之羽。”

【注疏】

《尔雅》："蜉蝣，渠略。"郭璞注："似蛣蜣，身狭而长，有角，黄黑色。丛生粪土中，朝生暮死。猪好啖之。"

陆疏："蜉蝣，方土语也，通谓之渠略。似甲虫有角，大如指，长三四寸，甲下有翅，能飞。夏月阴雨时，地中出，今人烧炙噉之，美如蝉也。樊光谓之粪中蝎虫，随雨而出，朝生而夕死。"

【考证】

蜉蝣，虫名，长六七分，头似蜻蛉而小，有四翅，后翅甚小，体细而狭，尾毛有三，细长如丝。夏秋之交，多近水而飞，往往数小时即死，故有朝生暮死之说。惟其幼虫栖息水中，捕食微细虫类，经二三年，乃羽化为成虫。所以蜉蝣的实际寿命为两三年，只是成虫寿促。

《诗》中蜉蝣之义，有五说：一说此喻人无远虑，虽朝生暮死之事不能周详；二说时人有玩细娱而忘虑者，故以蜉蝣为比而刺之；三说在于刺奢；四说刺小国危亡，其君臣仍自娱；五说蜉蝣披着美丽的外衣，用短暂的生命换来辉煌的一刻。总之，情调悲观。明唐寅诗曰："人生在世数蜉蝣，转眼乌头换白头。"

蚕

(日) 细井徇 绘

【出处】

《大雅·瞻卬》："妇无公事，休其蚕织。"

【注疏】

《尔雅》："蟓，桑茧。"郭璞注："食桑叶作茧者，即今蚕。"

【考证】

蚕是蚕蛾科和天蚕科昆虫的通称。人工饲养之蚕属昆虫纲鳞翅目蚕蛾科家蚕蛾种。蚕有家蚕、柞蚕、蓖麻蚕、天蚕（日本柞蚕）、樟蚕、樗蚕等。蚕乃吐丝之昆虫，有足六对，食桑叶。

中国古代育蚕以青、兖二州为盛，今则推江、浙二省。蚕自幼虫成长，必蜕皮数次，每当蜕皮，则不食不动二三日，谓之蚕眠。经三四眠，始上簇作茧。在茧内变成蛹，又由蛹化为蛾，则吐唾液，使茧受湿化软，破之以出，谓之蚕蛾。欲取丝者，常乘蛾未出茧时缫之，既出则丝绪断绝，不能缫。

传说轩辕黄帝之妃嫘祖发明养蚕，史称"嫘祖始蚕"。西北农林大学周尧教授认为："黄帝有无其人史家尚多争论，嫘祖之存在能坐实吗？又据山西西阴村出土的新石器文化中，有半个'经过人工割裂的茧'存在，可以证明中国人之养蚕至少有 4700 多年的历史。甲骨文中已有'丝'字的发现，所以养蚕是中国劳动人民的发明。"

我国的养蚕业经丝绸之路传入中亚，再传入古罗马。

蠋（zhú）

（日）细井徇 绘

【出处】

《豳风 · 东山》：“蜎蜎者蠋，烝在桑野。”

【注疏】

✿《尔雅》：“蚅，乌蠋。”郭璞注：“大虫，如指，似蚕，见《韩子》。”

✿《韩非子·说林下》：“鳣似蛇，蚕似蠋。”

【考证】

乌蠋是天蛾类及凤蝶类之幼虫。而蠋，为蛾蝶类的幼虫。朱熹等说蠋是桑虫，似蚕者。今辞书说，蠋为鳞翅目昆虫的幼虫，青色，似蚕，大如手指。细井徇所绘之蠋图，食桑叶，与蚕形、色无异。

蠓（qín）

（日）细井徇 绘

【出处】

《卫风·硕人》：“螓首蛾眉，巧笑倩兮。”

【注疏】

✿《传》：“螓首，颡广而方。”

✿《集传》：“螓，如蝉而小，其额广而方正。”

【考证】

螓，虫名，蝉的一种，如蝉而小。有文者谓之螓。螓生于夏秋，头短，口为长吻，有复眼二，单眼三。四翅膜质，大都透明，前翅较大。雄者胸腹交界处有发声器，幼虫在土中吸树根之汁液。蜕皮成蛹，出而登树，再蜕皮而成蝉，为期约 4 年。

宵行（xíng）

（日）细井徇 绘

【出处】

《豳风 · 东山》：“熠燿宵行。”

【注疏】

《集传》："熠燿，明不定貌。宵行，虫名，如蚕，夜行，喉下有光如萤也。"

【考证】

"宵行"乃萤之幼虫，只可爬行。《本草纲目》说："宵行乃虫名，熠燿其光也。"《十三经辞典》以宵行为萤火虫。也有以宵行为磷火者。

蜾蠃（guǒ luǒ）

（日）细井徇 绘

【出处】

《小雅 · 小宛》：“螟蛉有子，蜾蠃负之。”

【注疏】

✿《说文》：“天地之性，细腰纯雄，无子。”

【考证】

蜾蠃，细腰蜂，膜翅目蜾蠃科。青黑色，长约半寸。蜾蠃科蜂在全世界有3000余种。蜾蠃捕捉螟蛉，经刺蜇麻醉后带回巢中，产卵于其体内，作为幼子的食物。《庄子·天运》说这是“细腰者化”，《淮南子》说这是“贞虫之动以毒螫”。高诱解释说，蜾蠃无牝牡之合，故如此。

螽斯（zhōng sī）

（日）细井徇 绘

【出处】

《周南·螽斯》：“螽斯羽，诜诜兮。”

【注疏】

✿《传》：“螽斯，蚣蝑也。”

✿陆疏：“幽州人谓之春箕，春箕即春黍，蝗类也。长而青，长角，长股，股鸣者也。或谓似蝗而小，斑黑，其股似玳瑁文。五月中以两股相切作声，闻数十步是也。”

✿郑樵《通志》：“蚣蝑，一名蜙蝑，即一种大青蚱蜢。股长而鸣甚响。”

【考证】

螽斯是蝗的一种，属直翅目螽斯科。以翅摩擦发音，非动股者。种类繁多，绿螽斯体长 4.5 厘米。螽斯雄性能发声，雌性不发声但有听器，产卵多。

公元前 624 年，有一次“雨螽事件”，就是死螽从天而降，事见《春秋 · 文公三年》：“雨螽于宋。”《公羊传》曰：“雨螽者何，死而坠也。”《春秋繁露 · 玉英》也曰：“螽坠谓之雨。”

草虫

(日) 细井徇 绘

【出处】

《召南 · 草虫》：“喓喓草虫。”

【注疏】

- 《尔雅》：“草虫，负蠜。”郭璞注：“常羊也。”
- 陆疏：“大小长短如蝗也，奇音，青色，好在茅草中。”
- 《传》：“草虫，常羊也。”常羊，逍遥也。

【考证】

草虫，泛指草木间的昆虫。《本草纲目》：“数种皆类蝗，而大小不一，长角，修股，善跳，有青黑斑，数色，亦能害稼。五月动股作声，至冬入土穴中。”

明王恭诗曰：“月中山叶堕，阶下草虫鸣。”

阜螽（fù zhōng）

（日）细井徇 绘

【出处】

《召南·草虫》：“趯趯阜螽。”

【注疏】

- 《尔雅》：“阜螽，蠜。”李巡注：“蝗子也。”
- 陆疏：“今人谓蝗子为螽子，兖州人谓之螣。”
- 《笺》：“草虫鸣，阜螽跃而从之。”

【考证】

阜螽是蝗的幼虫。《埤雅》：“阜螽，今谓之蚱蜢，亦跳亦飞，飞不能远，青色。”“草虫鸣，阜螽跃而从之，故阜螽曰蠜，草虫谓负蠜。”

蛴蛴（qiú qí）

（日）细井徇 绘

【出处】

《卫风·硕人》："领如蝤蛴。"

【注疏】

- 《尔雅》：“蝤蛴，蝎。”郭璞注：“在木中。今虽通名为蝎，所在异。”
- 《传》：“蝤蛴，蝎虫也。”朱熹曰：“蝤蛴，木虫之白而长者。”
- 《尔雅翼》：“蝤蛴在腐柳中者，内外洁白，故诗人以比硕人之领。”
- 《本草纲目》：“一名蠹，在朽木中食木心，穿木如锥刀。”
- 陶弘景曰：蝤蛴“大者如足大指，以背行，乃駃于脚”。

【考证】

蝤蛴，为木中蛀虫，是天牛的幼虫。天牛，一名天水牛，牛角虫，是昆虫纲天牛科昆虫的总称。蝤蛴之天敌有啄木鸟、喜鹊、壁虎、寄生线虫等。蝤蛴是林业的主要害虫。

蛾

齐白石 绘

【出处】

《卫风 · 硕人》：“螓首蛾眉。”

【注疏】

✿《尔雅》："蛾，罗。"郭璞注："蚕蛾。"邢昺疏："此即蚕蛹所变者也。"

✿《博物志》："食桑者有绪而蛾。"

✿《埤雅》："茧生蛾，蛾生卵。"

【考证】

"蛾眉"确指蚕蛾之眉，蚕蛾触须细长而弯曲，句曲如画，用以比喻女子细长而好看的眉毛。故以"蛾眉"代指美女。然"蛾"，非专指蚕蛾。

蛾是昆虫纲鳞翅目、异角亚目昆虫的通称。触角形状因种而异，有鞭状、丝状、羽状、栉齿状及纺锤状等，故称异角亚目，以与蝶类的锤角亚目相对称。蛾一般在夜间飞行，静止时翅成屋脊状。体躯一般粗大。幼虫体型一致，称"毛毛虫"，幼虫多为植食性，为农业害虫。

蛾喜光，《意林附编》所辑《符子》曰："不安其昧而乐其明，是犹夕蛾去暗，赴灯而死也。"

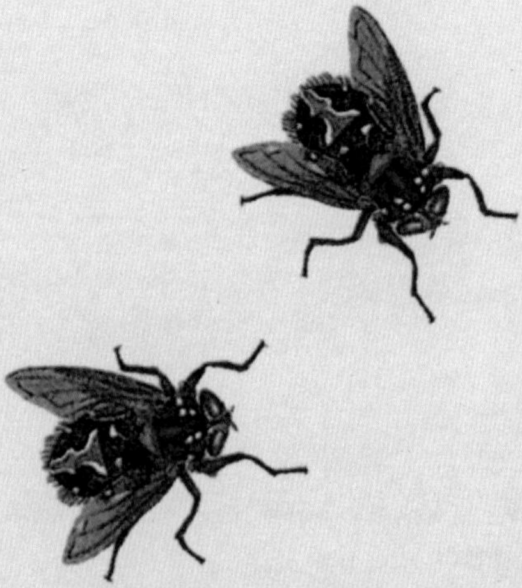

苍蝇

(爱尔兰) 爱德华 · 多诺万《中国昆虫自然史》

【出处】

《齐风 · 鸡鸣》: “匪鸡则鸣，苍蝇之声。”

【注疏】

✿《尔雅》:“蝇丑扇。”邢昺疏:“青蝇之类好摇翅自扇。”

✿《埤雅》:“蝇好交其前足,有绞绳之象,故绳之为字从蝇省。准生于隼,绳生于蝇,其义一也。亦好交其后足,摇翅自扇,故《尔雅》曰‘蝇丑扇也’。段氏云:‘苍蝇声雄壮,青蝇声清聒,其声皆在翼。’”

✿《毛诗名物解》:“苍蝇,又其大者肌色正苍,今俗谓之麻蝇。”

【考证】

苍蝇,属昆虫纲双翅目环裂亚目蝇科苍蝇属,其色苍,小于青蝇,好集几席饮食上。天将晴,蝇始有声。遇有火光之处,夜半飞鸣。舍蝇体长6至7毫米,密生短毛,灰黑色,胸背有斑纹四条,以口器舐吸。复眼大,触角短。此外,还有家蝇、金蝇、绿蝇、麻蝇等。

《后汉书》:“苍蝇之飞,不过数步;即托骥尾,得以绝群。”今常以“托骥之蝇”比喻追随贤能而后得显名之人。

蟋蟀

（日）细井徇 绘

【出处】

《唐风·蟋蟀》：“蟋蟀在堂，岁聿其莫。”

【注疏】

✿《礼记·月令》：季夏“温风始至，蟋蟀居壁”。

✿《逸周书》：“小暑之日，温风至；又五日，蟋蟀居壁。”

✿《古今注》：“蟋蟀，一名吟蛩。秋初生，得寒则鸣。一云济南呼为懒妇。”

✿陆疏：“蟋蟀，似蝗而小，正黑，有光泽如漆，有角翅，一名蛬，一名蜻蛚。楚人谓之王孙，幽州人谓之趋织。俚语曰‘趋织鸣，懒妇惊’是也。”

【考证】

蟋蟀属昆虫纲直翅目蟋蟀科，触角较体躯为长。雌性产卵管裸出，雄性善鸣好斗。啮食植物根茎，为农业害虫。全虫入药。蟋蟀夏生，秋始鸣，寒则渐近人，好吟于土石砖甓之下，体长 20 毫米，候虫，随寒暑变化而迁居。

《谢氏诗源》载，袁瓘《秋日》诗曰：“芳草不复绿，王孙今又归。”人都不解，施荫见之曰：“王孙，蟋蟀也。”

莎鸡

（日）细井徇 绘

【出处】

《豳风 · 七月》：“六月莎鸡振羽。”

【注疏】

✿《尔雅》：“螒，天鸡。”郭璞注：“小虫，黑身，赤头。一名莎鸡，又曰樗鸡。”

✿陆疏：“如蝗而斑色，毛翅数重，其翅正赤，或谓之天鸡。六月中飞而振羽，索索作声。幽州人谓之蒲错是也。”

✿《尔雅翼》：“莎鸡，振羽作声，其状头小而羽大，有青、褐两种。”

【考证】

莎鸡属直翅目纺织娘科纺织娘属，其鸣“扎织，扎织”，如机急织，故名。《传》曰：“莎鸡羽成而振讯之。”莎鸡可连夜“扎织”不止。其雌者产卵于植物嫩叶枝上，一年一代，以卵越冬。植食性，为农业害虫。闲者作鸣虫玩养。

蜩（tiáo）

（日）细井徇 绘

【出处】

《豳风·七月》：“五月鸣蜩。”

【注疏】

- 《传》：“蜩，螗也。”
- 《孔疏》：“蜩，蜋蜩，螗蜩。”
- 《正义》引《方言》：“楚谓蝉为蜩，宋、卫谓之螗蜩，陈、郑谓之蜋蜩，秦、晋谓之蝉。”

【考证】

蜩即蝉。《诗经》中多次谈到蝉类，但无“蝉”字。而螗、蝘、蜩、螓等，皆蝉类。故《礼》中的“蜩”即为蝉。蝉在两亿多年前的侏罗纪时期已经出现，当是一种古老的昆虫。

中国古人以“蝉”之羽化比喻人可复生。葬玉中有玉蝉，即玉塞的一种，含于死者口中。这种玉蝉多出现在商代至战国的葬墓中，最早见于考古发掘的河南洛阳中州路 816 号西周墓中。

王充《论衡 · 论死篇》曰：“蝉之未蜕也，为复育；已蜕也，去复育之体，更为蝉之形。使死人精神去形体，若蝉之去复育乎。”王充所说的“复育”，即为蝉的“若虫”，从若虫蜕为蝉只是蝉生命中的两个阶段而已，没有重生之意。王充之论不确。

在中国的蝉文化中，除了玉蝉有复生之意外，还以蝉喻高洁。《古今注》曰：“蝉，取其清虚识变也。”虞世南的《蝉》曰：“居高声自远，非是藉秋风。”蝉蜕下之壳，可入药。

伊威

(日) 细井徇 绘

【出处】

《豳风 · 东山》：“伊威在室。”

【注疏】

✿《尔雅》：“伊威，委黍。”郭璞注：“旧说鼠妇别名。”

✿陆疏：“伊威，一名委黍，一名鼠妇，在壁根下，瓮底土中生，似白鱼者是也。”

【考证】

伊威亦作蛜蝛，虫名，即地虱，栖于潮湿处，似地鳖虫，体圆扁有横纹，灰色多足，俗称“湿湿虫”。因常黏附鼠背，故名“鼠负”，《本草纲目》作“鼠妇”。

蟏蛸（xiāo shāo）

齐白石 绘

【出处】

《豳风·东山》：“蟏蛸在户。”

【注疏】

❀《尔雅》：“蟏蛸，长踦。”踦，足胫。郭璞注：“小蜘蛛，长脚者。”

❀陆疏：“一名长脚。荆州、河内人谓之喜母。此虫来着人衣，尝有亲客至，有喜也。幽州人谓之亲客。亦如蜘蛛为罗网居之。”

❀李德裕《喜征论》：“蟢子垂而百事喜。”

❀《古今注》：“蟏蛸也，身小足长，故谓长跂。”

【考证】

蟏蛸是一种长腿的小蜘蛛，即喜蛛，属蛛形纲蟏蛸科。体细长，暗褐色，螯肢甚长，结网成车轮状。

刘勰《新论》：“野人昼见蟢子者，以为有喜乐之瑞。”汉龚舍仕楚，见飞虫触蜘蛛网而死，叹曰：“仕途以人之网罗也。”遂挂冠而去。

蜂

（日）细井徇 绘

【出处】

《周颂·小毖》：“莫予荓蜂。”

【注疏】

✿《埤雅》：“蜂有两衙应潮，其主之所在，众蜂为之旋绕如卫。”“其毒在尾，垂颖如锋，故谓之蜂。”《埤雅》以“荓蜂”为：“使人为辛螫之譬也，言蜂善辛螫。”以蜂为昆虫。

✿《尔雅翼》：蜜蜂“取花须上粉置两髀，或采无所得，经宿花中不敢归”。

【考证】

《诗》中之“荓蜂”多有争议：高亨以“荓”借为“抨”，击义。《传》以“荓蜂”为掣曳。《尔雅》作“甹夆”，为牵引扶助义。“夆”，抵触。均以“荓蜂”为动词。“蜂”亦无昆虫义。

蜂的种类很多，蜜蜂属膜翅目蜜蜂科，长8毫米，一生历卵、幼虫、蛹、成虫四个阶段，寿三至五岁。《抱朴子》：“蚁有兼弱之智，蜂有攻寡之计。”盖以强弱相制。

蜮（yù）

（日）细井徇 绘

【出处】

《小雅 · 何人斯》：“为鬼为蜮。”

【注疏】

✿《广雅》："射工，短狐，蜮也。"

✿《博物志》："江南山溪中水射工虫，甲类也，长一二寸，口中有弩形，气射人影，随所着处发疮，不治则杀人。今鹦螋虫溺人影，亦随所着处生疮。"

✿《夜航船》：蜮"四月一日上弩，八月一日卸弩，人不能见，鹅能食之"。

【考证】

蜮，古代相传为一种能含沙射人，致人于病的动物。

陆疏："蜮，短狐也。一名射影。如龟，三足。江淮水滨皆有之。人在岸上，影在水中，投人影则杀之，故曰射影也。南方人将入水，先以瓦石投水中，令水浊，然后入。或曰含细沙射人，入人肌，其创如疥。"《周礼》："壶涿氏掌除水虫，以炮土之鼓驱之，以焚石投之。"以驱蜮。《御览》以蜮为水神。

虺蜴（huǐ yì）

（日）细井徇 绘

【出处】

《小雅 · 正月》：“胡为虺蜴。”

【注疏】

✿《说文》：“在壁曰蝘蜓，在草曰蜥蜴。”

✿陆疏：“虺蜴，一名蝾螈，蜴也。或谓之蛇医，如蜥蜴，青绿色，大如指，形状可恶。”

✿《尔雅翼》：“形大纯黄色者名蛇医；其次似蛇医，小形长尾，见人不动者名龙子；小而五色尾，青碧可爱者名蜥蜴，不螫人；形小而黑，喜缘墙壁者，名蝘蜓。”

【考证】

虺蜴，一说虺、蜴为二物。虺为毒蛇的一种，“虺蜴”即毒蛇与蜥蜴。朱熹亦说虺为蛇属，细颈大头，色如文绶，大者长七八尺。无足；而蜴为蜥蜴类，具四肢。

古人认为蜥蜴可以致雨。张岱《夜航船》载，古时“关中求雨，寻蜥蜴十数，置瓮中，童男女咒曰：‘蜥蜴蜥蜴，兴云吐雾。致雨滂沱，放汝归去。’宋咸平时用此法祷雨，屡验”。

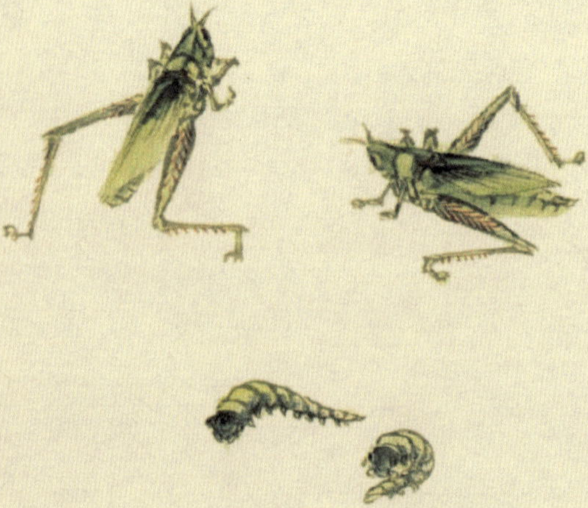

螟螣（míng tè）

（日）细井徇 绘

【出处】

《小雅 · 大田》：“去其螟螣。”

【注疏】

✿《尔雅》：“食苗心，螟。食叶，蟘。”螟者，螟蛾的幼虫，食稻心。螣，食叶的青虫。李巡注：“食禾心为螟，言其奸冥冥难知也。食禾叶者蟘，言假贷无厌。”

✿陆疏：“螟似虸蚄，而头不赤。螣，蝗也。”虸蚄，黏虫的俗称。蟘，亦作螣。

✿《尔雅翼》：螟“无足小青虫。既食其叶，又以丝缠集众叶，使穗不得展。江东谓之蟥虫”。

【考证】

螟为螟蛾，鳞翅目螟蛾科。螣为蝗虫。

俗云：蝗产子于地中，至春夏而出地。若冬有雪，寒气逼之，深入于地，春夏不能出土。一雪入地三尺，三雪入地九尺，所谓三白而丰年之兆。方孝儒诗曰：“青青好禾稼，生此螟与螣。”杨士奇亦诗曰：“下无螟螣苦，上有霖雨恩。”

蟊贼（máo zéi）

（日）细井徇 绘

【出处】

《小雅 · 大田》：“去其螟螣，及其蟊贼。”

【注疏】

✿《尔雅》：“食节，贼。食根，蟊。”

✿陆疏：“贼，似桃李中蠹虫，赤头身长而细耳。或说云：蟊，蝼蛄也，食苗根为人患。”

✿《易传》：“臣安禄，兹谓贪，厥灾虫，虫食根。德无常，兹谓烦，虫食叶。”

【考证】

蟊，蝼蛄，直翅目蝼蛄科。昼伏夜出，啃食各种农作物及幼苗。贼，黏虫，鳞翅目夜蛾科。有迁飞性，不能越冬。二者皆为害虫。

朱熹《集传》曰：“食心曰螟，食叶曰螣，食根曰蟊，食节曰贼，皆害苗之虫也。”按螟、螣、蟊、贼，如言寇、贼、奸、宄。杜甫诗曰：“必若救疮痍，先应去蟊贼。”

青蝇

溥儒 绘

【出处】

《小雅 · 青蝇》：“营营青蝇。”

【注疏】

《笺》："蝇之为虫，污白使黑，污黑使白。喻佞人变乱善恶也。"

《论衡》："青蝇所污，常在练素。"

《埤雅》："青蝇首赤如火，背若负金。"

【考证】

青蝇似麻蝇而小，背有一点若金。蛆虫所变，也叫金蝇，苍蝇的一种。

陈子昂诗："青蝇一相点，白璧遂成冤。"青蝇喻谗言小人。

第六章　鱼

嘉鱼

（日）细井徇 绘

【出处】

《小雅·南有嘉鱼》：“南有嘉鱼，烝然罩罩。”

【注疏】

❀《集传》：嘉鱼“出于沔南丙穴”。

❀晋左思《蜀都赋》云：“嘉鱼出于丙穴，良木攒于褒谷。”李善注：“丙穴，在汉中沔阳县北，有鱼穴二所，常以三月取之。丙，地名也。”

【考证】

嘉鱼其体延长，前部呈圆筒形，尾部侧扁，体长20多厘米，暗褐色，有两对粗长的须，吻褶发达，裂如缨状，具有许多瘤状小突起。栖息水底，杂食性。其性耐寒，居寒冷的水溪里，严冬酷暑不迁徙，冬藏深水域。三至六月在深潭岩石处食溪虫和昆虫。暮春，体侧出现朱红色斑点，光艳夺目。盛夏，在上游山涧急流的分泄处和水域深洼处游弋，捕食飞蛾和蝴蝶。九月进入繁殖期，在上流涧溪掘沙砾产卵。

嘉鱼有二义：一为鱼的一种品种，一为美好之鱼。非独出于丙穴者。

鲂

（日）细井徇 绘

【出处】

《陈风 · 衡门》：“岂其食鱼，必河之鲂。”

【注疏】

✿《尔雅》：“鲂，魾。”郭璞注：“江东呼鲂鱼为鳊，一名魾。”

✿陆疏：“鲂，今伊、洛、济、颍鲂鱼也。广而薄，肥恬而少力，细鳞，鱼之美者。辽东、梁水鲂，特肥而厚，尤美于中国鲂。故其乡语：‘居就粮，梁水鲂。’”

✿《尔雅翼》：“鲂，缩头、穹脊、博腹，色青白而味美，今之鳊鱼也。汉水中者尤美。”

✿《埤雅》：“其广方，其厚褊。故一曰鲂鱼，一曰鳊鱼。鲂，方也。鳊，褊也。”

【考证】

鲂不以“方”，而以“肪”名。鲂属鲤科。“鲂鱼尾赤，子鱼体黑”。子鱼体长20至40厘米。

宋显仁太后谓秦桧妻曰：“子鱼大者绝少。”桧妻曰：“妾家有大者。”秦桧责其失言，以青鱼百尾进。太后笑曰：“我道这婆子村，果然。”小故。

鱮（xù）

（日）细井徇 绘

【出处】

《齐风 · 敝笱》：“敝笱在梁，其鱼鲂鱮。”

【注疏】

✿《传》：“鲂、鲊，大鱼。”

✿《笺》：“鲊似鲂而弱鳞。”

✿《集传》：“鲊，似鲂，厚而头大，或谓之鲢。”

✿陆疏：“鲊似鲂，厚而头大，鱼之不美者。故里语曰：‘网鱼得鲊，不如啗茹。’其头尤大而肥者，徐州人谓之鲢。”

【考证】

鲊即鲢鱼，也叫鳙鱼。淡水鱼，鲤科鱼连属。

晋潘岳《西征赋》：“华鲂跃鳞，素鲊扬鬐。”陆游《游镜湖》诗曰：“鲂鲊来洋洋，凫雁去拍拍。”

鲤

（日）细井徇 绘

【出处】

《陈风·衡门》：“岂其食鱼，必河之鲤。”

【注疏】

✤《尔雅翼》:“鲤者,鱼之主,形既可爱,又能神变,乃至飞越江湖。”

✤《埤雅》:鲤“今之赪鲤也,一名鳣鲤,脊中鳞一道,每鳞上有小黑点文,大小皆三十六鳞,鱼之贵者。故《尔雅·释鱼》以鲤冠篇”。

【考证】

鲤鱼属鱼纲鲤科,栖于江河沿岸水草丰盛的水体中下层,杂食性,生长快。冬季沉伏河底冬眠。其嘴侧有二肉须。

范蠡著《养鱼经》,被称为养鱼始祖,其书曰:“所以养鲤者,鲤不相食,易长又贵。”养鲤之法,“求怀子鲤鱼长三尺者二十头,牡鲤鱼长三尺者四头,以二月上庚日纳池中,令水无声,鱼必生……至来年二月,得鲤鱼长一尺者一万五千枚,三尺者四万五千枚,二尺者万枚”。可见古人不唯捕鱼,又饲养之。

《梦溪笔谈》和《尔雅翼》等,均以鲤鱼为最佳。古人视鲤为灵物,以为鲤跃过龙门即化为龙,有“鲤跳龙门”之说。

鲤鱼又为仙人坐骑,明李在绘有《琴高乘鲤图》,跨鲤背仙升,时有回首眷顾意。事载《列仙传》。

鳣（zhān）

（日）细井徇 绘

【出处】

《卫风·硕人》：“鳣鲔发发。”

【注疏】

✿《尔雅》郭璞注："鳣，大鱼。似鲟而短，鼻口在颔下，体有邪行甲，无鳞，肉黄，大者长二三丈，今江东呼为黄鱼。"

✿陆疏："鳣，出江海，三月中，从河下头来上。鳣身形似龙，锐头，口在颔下，背上腹下皆有甲，纵广四五尺。今于盟津东石碛上钓取之，大者千余斤。可蒸为臛，又可为鲊，子可为酱。"

✿《埤雅》：鳣"长鼻软骨，俗谓之玉板"。

✿《水经注》："《尔雅》曰：鳣，鲔也，出巩穴，三月则上渡龙门，得渡为龙矣。否则点额而还。"

【考证】

鳣鱼即今鳇鱼，鲟科鳇属。背灰绿色，腹黄白色。肉味鲜美，鱼卵可制成鱼子酱。鳔和脊索均可制鱼胶。《易·屯卦》曰："屯如邅如。"鳣有邅如之象，不善游。

鲔（wěi）

（日）毛利梅园 绘

【出处】

《卫风 · 硕人》：“鳣鲔发发。”

【注疏】

✿《传》：“鲔，鮥。”

✿《尔雅》：“鮥，鮛鲔。”郭璞注：“鲔，鳣属也。大者名王鲔，小者名鮛鲔。”

✿陆疏：“鲔鱼，形似鳣而色青黑，头小而尖，似铁兜鍪。口在颔下，其甲可以磨姜。大者不过七八尺，益州人谓之鳣鲔，大者为王鲔，小者为鮛鲔。一名鮥。肉色白，味不如鳣也。今东莱、辽东人谓之尉鱼，或谓之仲明鱼。”

【考证】

鲔，广东俗称“白卜”，属鱼纲金枪鱼科。体呈纺锤形，体长50厘米。背黑色，背侧有若干条黑色斜带。头中等大，吻尖，牙细小。背鳍和臀鳍后方各具七至八个小鳍。鲔是大洋性中上层鱼类，善结群。中国南海和东海有产。非古书所说之穴岫居者。

鳟（zūn）

（日）细井徇 绘

【出处】

《豳风 · 九罭》：“九罭之鱼，鳟鲂。”

【注疏】

✿《尔雅》：“鲋，鳟。”郭璞注：“似鲆子，赤眼。”鲆，同“鲩”，草鱼。

✿ 陆疏：“鳟，似鲆鱼而鳞细于鲆，赤眼是也。”孙炎注：“鳟好独行，尊而必者，故从尊从必。”

✿《尔雅翼》：“鳟鱼，目中赤色一道，横贯瞳，鱼之美者，今俗人谓之赤眼鳟。”

✿《埤雅》：“鳟鱼圆，鲂鱼方。君子道以圆内，义以方外，而周公之德具焉。”

【考证】

鳟，今名赤眼鳟。属鱼纲鲤科。体延长，前部圆筒形，后部侧扁，长 30 厘米，银灰色，眼上缘红色，每一鳞片后缘有一小黑斑。头平扁，口端位须两对，颇细小。鳍无硬刺，尾鳍叉形。可养殖。

鲿（cháng）

（日）细井徇 绘

【出处】

《小雅·鱼丽》：“鱼丽于罶，鲿鲨。”

【注疏】

✿《传》：“鲿，扬也。”

✿《埤雅》：“今黄鲿鱼是也，性浮而善飞跃，故一曰扬也。”

✿《毛诗名物图说》：“鲿腮下有二横骨，两须，有胃，群游作声如轧轧，故一名鉠軋，性最难死，今吴中呼为刚腮鱼。”

【考证】

鲿为鲿科鱼类的通称。其状如陆疏所说：“鲿，一名扬，今黄颊鱼。似燕头鱼身，形厚而长大，颊骨正黄。鱼之大而有力解飞者。徐州人谓之扬黄颊，通语也。今江东呼黄鲿鱼，亦名黄扬鱼。”

鳢（lǐ）

（日）细井徇 绘

【出处】

《小雅·鱼丽》："鱼丽于罶，鲂鳢。"

【注疏】

✿《传》："鳢，鲖也。"

✿《埤雅》："今玄鳢是也。诸鱼中惟鳢鱼胆甘可食，有舌，鳞细，有花文，一名文鱼。与蛇通气，其首戴星，夜则北向，盖北方之鱼也。"

✿《本草纲目》："鳢，形长体圆，头尾相等，细鳞，玄色，有斑点花纹，颇类蝮蛇，有舌有齿有肚，背腹有鬣连尾，尾无歧。形状可憎，气息腥恶，食品所卑。南人有珍之者，北人尤绝之。"

【考证】

鳢之状如《本草纲目》所述，即乌鳢，亦名文鱼、黑鱼、生鱼，属鳢科。多生活在水草丛生的缓流或静水淤泥底。其体延长，亚圆筒形，青褐色。具三纵行黑色斑块，眼后至腮孔有两条黑色纵带。口大，牙尖，性凶猛。鳢之肉鲜美，含脂量少，为滋补品。

鰋（yǎn）

（日）细井徇 绘

【出处】

《小雅·鱼丽》：“鱼丽于罶，鰋鲤。”

【注疏】

✿《传》：“鳠，鲇也。”孙炎曰：“鳠，一名鲇。”郭璞曰：“鳠，今鳀额白鱼。鲇别名鳀，江东通呼鲇为鮧。”

✿《埤雅》：“今鳠，额白鱼也，一名鲇。鳠鱼偃，鲤鱼俯，鳢鱼圆，鲂鱼方。”

【考证】

鳠即鲇鱼，色灰白，无鳞，黏滑。鳠鱼，底栖性，多生活在池塘、河川之下水层，性安静，白天多隐藏在水草丛中或河底的坑洞中，夜出觅食，以鱼、虾、螺、蚌等水生物为食。秋后在深水洞穴集群越冬。肉质细嫩，味美少刺，为名贵淡水鱼类，可与鱼翅、甲鱼媲美。卵有毒。

《本草纲目》曰：“鲇乃无鳞之鱼，大首偃额，大口大腹。……有齿有胃有须。生流水者，色青白；生止水者，色青黄。大者亦至三四十斤，俱是大口大腹，并无口小者。”

鲐（tái）

（日）细井徇 绘

【出处】

《大雅·行苇》：“黄耇台背。”

【注疏】

✿《传》：“台背，大老也。”

✿《笺》：“台之言鲐也，大老则背有鲐文。”

【考证】

鲐，鱼名，即鲭，也称油筒鱼，鲭科。体呈纺锤形，长60厘米，尾柄细。背青色，腹白色。尾鳍叉形，为中上层洄游性鱼类，趋光性强。此鱼避害时机敏迅速，能昼夜垂直移动，结群起伏，肉食性。

因其背有鲐纹，为长寿之征，代指长寿老人。曹寅诗曰：“鸠车竹马曾经处，鲐背庞眉识此生。”梅尧臣诗曰：“举杯更献酬，各尔祝鲐背。”

鲦（tiáo）

（日）细井徇 绘

【出处】

《周颂 · 潜》：“鲦鲿鰋鲤。”

【注疏】

✤《埤雅》：“鲦鱼，形狭而长。”

✤《尔雅翼》：鲦“纤长而白，故曰白鲦。又谓白儵，江东呼为鲌，《释鱼》‘鲌，黑鰦’是也。此鱼好游水上，故庄子观于濠梁，称：‘儵鱼出游从容。’以为鱼乐”。

【考证】

鲦即白鲦鱼，也叫白条，属鲤科。体延长，侧扁，长 16 厘米，银白色。腹面全部具肉棱，背鳍具硬刺。杂食性，繁殖力强，生长迅速，分布广，为小型经济鱼类。

鳏（guān）

（清）徐鼎 绘

【出处】

《齐风·敝笱》："其鱼鲂鳏。"

【注疏】

- 《传》：“鳏，大鱼。”
- 《笺》：“鳏，鱼子。”

【考证】

鳏有多义：其一为大鱼，《正义》引《孔丛子》：“卫人钓于河，得鳏鱼焉，其大盈车。”其二为明，刘熙《释名》：“鳏，昆。昆，明也。愁悒不寐，目恒鳏鳏然，故鳏字从鱼，鱼目恒不闭者也。”其三为无亲，《白虎通》：“鳏之言鳏，鳏无所亲。”释无亲为鳏。其四为鱼子，《尔雅》：“鲲，鱼子。”郭璞注：“凡鱼之子，总名鲲。”李巡曰：“鲲、鳏字异，古字通用。”其五为鱼名，李时珍曰：“其性独行，故曰鳏。”鳡鱼，鲤科，长一米，重百斤。王引之释鳏为鲩，也叫鲆子鱼。其六为鳏夫，《孟子·梁惠王下》：“老而无妻曰鳏。”其七为病，《尔雅》：“鳏，病也。”《诗》中之“鳏”应释为鱼。

鼍（tuó）

（日）细井徇 绘

【出处】

《大雅·灵台》：“鼍鼓逢逢，蒙瞍奏公。”

【注疏】

✿《集传》：“鼍，似蜥蜴，长丈余，皮可冒鼓。”

✿陆疏：“鼍，形似蜥蜴，四足长丈余。生卵大如鹅卵，甲如铠甲，今合乐鼍鱼甲是也。其皮坚厚，可以冒鼓。”

✿《埤雅》：“鼍，欲雨则鸣。”

【考证】

鼍，一名鼍龙，今之“扬子鳄”。扬子鳄为中国特产物种，属爬行纲鼍科。长约 2 米，背有角质鳞六横列，背暗褐色，腹面灰色，尾有灰黑相间环纹。穴居池沼底部，以鱼、蛙等动物为食。皮可制革。

鲨

（日）细井徇 绘

【出处】

《小雅 · 鱼丽》：“鱼丽于罶，鲿鲨。”

【注疏】

- 《尔雅》："鲨，鮀。"郭璞注："今吹沙小鱼，体圆而有点文。"
- 陆疏："鱼狭而小，常张口吹沙。"
- 《后汉书》注引郭义恭《广志》："吹沙大如指，沙中行。"
- 《尔雅翼》：鲨"非特吹沙，亦止食细沙。……味甚美，大者不过二斤，然不若小者之佳。……今人呼为重唇，唇厚特甚，有若蛙黾，故以为名。今江南小溪中，每春鲨至甚多，土人珍之"。

【考证】

鲨非今海中大鲨也。《鱼丽》之"鲨"乃南方溪水中的吹沙小鱼，从沙从鱼。而海中乃"沙鱼"也。宋黄庭坚《代书》诗云："嘉鱼在南国，宗庙荐鲿鲨。"

鳖

(日) 细井徇 绘

【出处】

《小雅 · 六月》：“饮御诸友，炰鳖脍鲤。”

【注疏】

《博物志》："九窍者，胎生；八窍者，卵生。龟、鳖皆此类，或卵生影伏。"

【考证】

鳖也称"甲鱼""团鱼"。属爬行纲鳖科。吻突尖长，头淡青灰色，散有黑点，体橄榄色，边缘有厚实裙边，腹乳白色。长 24 厘米，宽 16 厘米。栖于淡水泥质江河等水域。鳖浑身是宝，头、甲、骨、肉、卵、胆、脂肪均可入药。其肉具鸡、鹿、牛、羊、猪五肉之美味，有"美食五味肉"之称。

《埤雅》曰："鳖以眼听。"按鳖是有耳的，长在眼后，有内耳，无外耳，可以听，不需用眼。《埤雅》引《养鱼经》曰："内鳖，则鱼不复去。"称鳖为"神守"。意思是在鱼池中放养鳖之后，就可以将鱼守住。现代科学认为，鱼池中鱼的密度过高，会产生各种疾病，而鳖吃弱鱼，就可以控制鱼疫。《埤雅》曰："鳖伏于渊而卵剖于陵，此思化也。"实则，鳖类卵之孵化是靠外界热量，如热沙等，"思"者，迷信之说。

龟

(日) 细井徇 绘

【出处】

《小雅 · 小旻》：“我龟既厌。”

【注疏】

✿《龟经》：“龟一千二百岁，可卜天地之终始。”

✿《埤雅》：“龟，旧也。外骨内肉，肠属于首，广肩无雄，与蛇为匹，故龟与蛇合，谓之玄武。”

【考证】

龟是爬行动物，属爬行纲龟鳖目龟科。腹背皆有硬甲，头、尾和四肢可缩入甲内，种类很多。龟，仅一爬虫而已，无神异者。曹操诗曰：“神龟虽寿，犹有竟时。”言龟寿长。王维诗曰：“鸠形将刻杖，龟壳用支床。”

贝

(日) 细井徇 绘

【出处】

《小雅 · 巷伯》：“萋兮斐兮，成是贝锦。”

【注疏】

✿《尚书·禹贡》："厥篚织贝。"

【考证】

"贝"，水中介虫也，有文彩似锦；或贝壳也。《小雅·巷伯》之"贝锦"，即有贝形花纹的织锦。《鲁颂·閟宫》中"贝胄"之贝为贝壳。又，贝为虫类，是软体动物之腹足、瓣腮二类。贝，有为古货币。《毛诗名物图说》引汉朱仲《相贝经》释云："盈尺，如赤电黑云谓紫贝，素质红黑谓珠贝，青地绿文谓绶贝，黑色黄画谓霞贝。"

龙

(明）文俶 绘

【出处】

《秦风 · 小戎》：“龙盾之合。”

【注疏】

- 《易·乾》：“见龙在田。”
- 《礼记·礼运》：“四灵以为畜。”

【考证】

《易》之乾卦中所谈的龙，大约是有关龙的最早文字记载。学者们将《易》之龙解释为动物。中国人以龙为灵物。陆佃说：龙“能与细细，能与巨巨，能与高高，能与下下”。就是说其形可大可小，可升天，可入渊。

英国学者罗伯特·比尔认为，中国的龙是一种超自然的或赋有神力的生灵。东方龙的图像最早出现在旧石器时代的石刻上，是人类最早的表象象征之一。

中国人自称是“龙的传人”，龙的形成记录了古代先民的发展，起着维系和向心的作用，龙文化已成为东方文化重要的组成部分。

第七章　天文

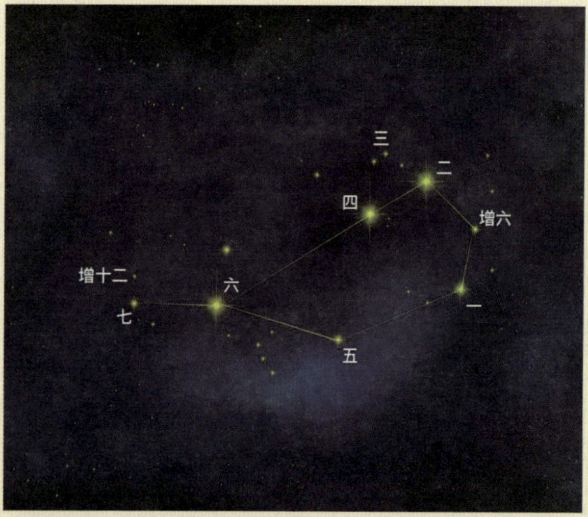

昴（mǎo）

臧可歆 绘 昴星团

【出处】

《召南·小星》：“维参与昴。”

【注疏】

- 《尚书 · 尧典》：“日短星昴，以正仲冬。”
- 《尔雅》：“大梁，昴也。西陆，昴也。”

【考证】

《尚书》所言“日短”指白昼最短的时候，即冬至。“日短星昴”，是说傍晚时昴星团若在南方天空正中，此日正是冬至节令。大梁为星次之名。西陆，昴的别名。

《宋史 · 天文志》载：“昴宿七星。”昴宿七星聚作一团，所以《步天歌》曰：“七星一聚实不少。”

现代天文学称昴宿为昴星团，是距离地球 410 光年的一个疏散星团，拥有大约 100 颗恒星。肉眼仅能看到七颗，就是图中的一到七。古人们对昴七星十分喜爱，称之为“姑儿星”“七姊妹”。

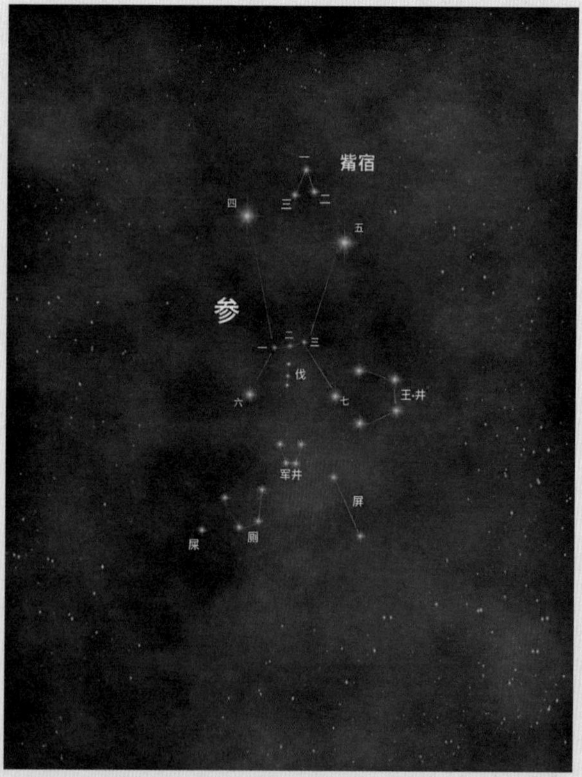

参（shēn）

臧可歆 绘 参宿图

【出处】

《召南·小星》：“维参与昴。”

【注疏】

《史记 · 天官书》："参为白虎。"

【考证】

"参宿"是二十八宿中西方七宿的第七宿。参宿含七星，即参宿图中的一、二、三、四、五、六、七，分别称为参宿一、参宿二，至参宿七。

参是全天空亮星最多的星宿，有一等星两颗：一为参宿四，一为参宿七。于是参宿成了冬夜星空的地标，星光闪烁的美景极为壮观。

《夏小正》说参宿可以用来确定时节，是说夏历正月黄昏时，参在正南天空；五月日出前在东方天空；八月在正南时，天就亮了。《左传 · 昭公元年》："成王灭唐而封大叔焉，故参为晋星。"

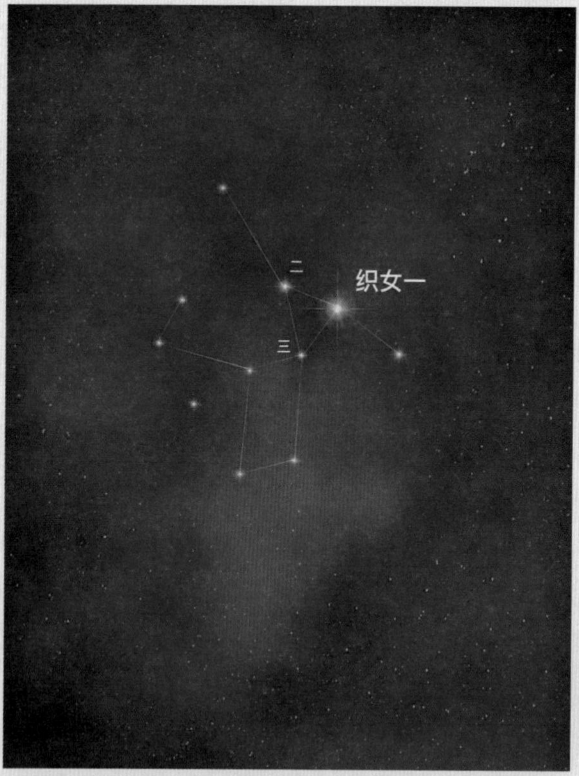

织女

臧可歆绘 织女星图

【出处】

《小雅 · 大东》：“跂彼织女。”

【注疏】

- 《说文》：“跂，足多指也。”
- 《集传》：“织女，星名，在汉旁，三星跂然如隅也。”

【考证】

织女星官共三星，属天琴座。三星即图中的织女一、织女二、织女三。俗以“织女一”为织女星，白色，星等几乎为零，是全天最亮恒星之一。西方人誉织女一为“夏夜女王”“天上第一钻石”。

《春秋佐助期》说“织女神名收阴”，未谈织布放牛之事。宗懔《荆楚岁时记》：“七月七日，为牵牛、织女聚会之夜。”

牵牛

臧可歆 绘 牛宿图

【出处】

《小雅·大东》：“睆彼牵牛。”

【注疏】

✿ 石氏《星经》：“牵牛，名天官。”

【考证】

牵牛即牛宿，由六颗星组成。牛宿是中国古天文里二十八宿中北方七宿之一，此星宿共含十一个星官，星六十四。“牛”与“牛宿”不同，牛只是牛宿中的一个星官。《步天歌》曰：“牛上直建三河鼓，鼓上三星号织女。”这里的“牛”就是只含六颗星的牛星官。“三河鼓”就是含三颗星的河鼓星官。

河鼓星官三星中间那颗大星称“河鼓二”，俗称牛郎星，也称牵牛，属天鹰星座。“睆彼牵牛”中的“牵牛”，即指河鼓二。

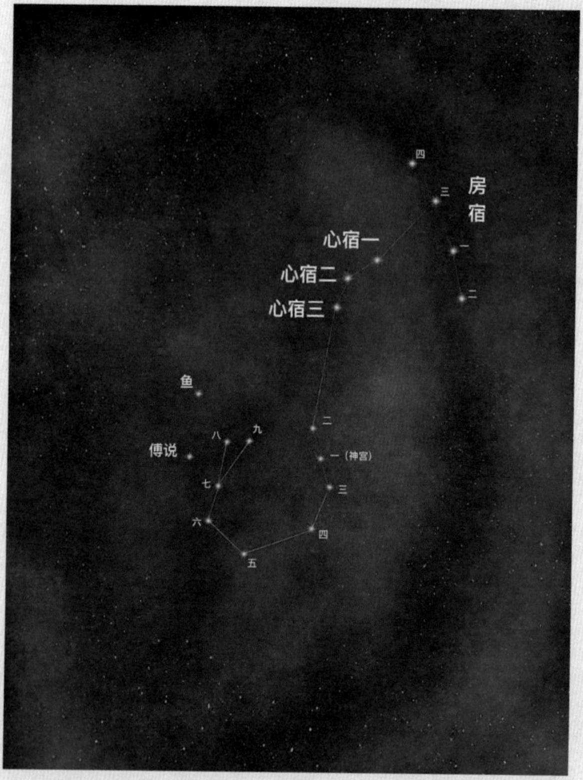

火

臧可歆 绘 天蝎星座

【出处】

《豳风 · 七月》：“七月流火。”

【注疏】

朱熹曰：“七月，夏历七月也。”“火，大火，心星也。”

【考证】

在仲夏南天的低空中，有一颗十分显眼的红色亮星，名“大火”。大火属心宿，名“心宿二”。

《史记 · 天官书》说，大火是天王，西边的心宿一为太子，东边的心宿三为庶子。《春秋公羊传》说，大火、参、北极星合为三大辰。传说中国在颛顼时期，就设立了“火正”一职专门观测心宿。甲骨文中就出现有“鸟”“火”等恒星名称。鸟、火、虚、昴四星，分别是春分、夏至、秋分、冬至的标准星，也称“四仲中星”。

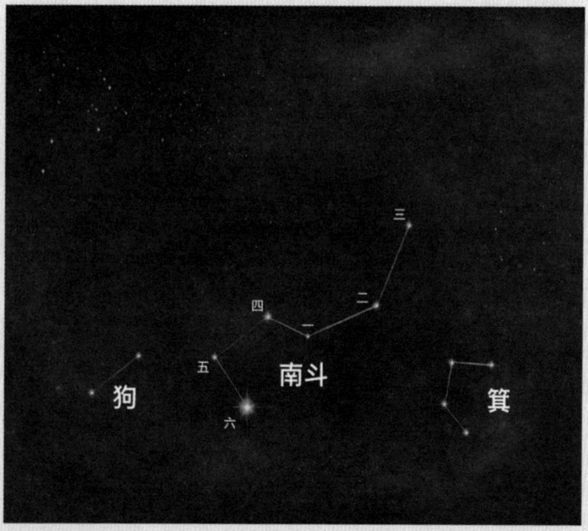

斗

臧可歆 绘　斗宿星图

【出处】

《小雅 · 大东》：“维北有斗。”

【注疏】

✿《宋史·天文志》：“斗建之间，三光道也。”

【考证】

斗乃星宿名，就是中国古天文学中二十八宿北方七宿中之斗宿。斗宿含星官十，星六十二。

《诗》中所说的斗，是指斗宿中含有六颗星的“南斗”星官，而非北斗七星。《步天歌》曰：“六星其状似北斗。”说的正是“斗”，即南斗星官。

查诺顿星图，南斗二在银河中，三在河西，一、四、五、六都在河东，所以西方人称南斗星官为“奶勺”。

中国古人说“南斗注生，北斗注死”，所以古人喜欢南斗。这个荒诞之说，出自三国时魏国术士管辂，是一种迷信说法。

箕（jī）

臧可歆 绘 箕宿星图

【出处】

《小雅 · 大东》：“维南有箕。”

【注疏】

- 《风俗通义 · 祀典》：“箕主簸扬，能致风气。”
- 蔡邕《独断》：“风伯神，箕星也。”

【考证】

箕即箕宿，是二十八宿中东方七宿中的最后一宿。箕宿录星官三，含星八。

《步天歌》：“四星形状如簸箕，箕下三星名木杵，箕前一黑是糠皮。”箕星官含四星，其箕宿一至四，属人马座。其下杵星官含三星，其前糠星官一星，是为糠皮。《春秋纬》曰：“星有好风，月离于箕，风扬沙，风从箕星，扬沙走石。”箕星官就是神话中的风神。

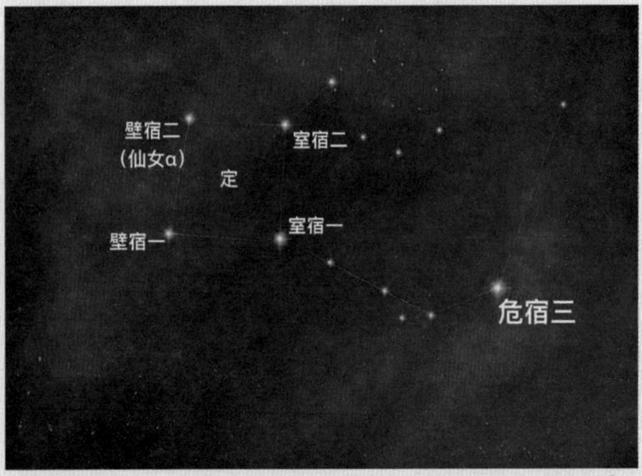

定

臧可歆 绘　飞马座图

【出处】

《鄘风 · 定之方中》：“定之方中，作于楚宫。”

【注疏】

《集传》："定，北方之宿，营室星也。此星昏而正中，夏正十月也。于是时，可以营制宫室，故谓之营室。楚宫，楚丘之宫也。"

【考证】

"定"是星宿名，即二十八宿中北方七宿之室宿，也称"营室"。所以"定"也有时间含义，即营室之时。

定，正也。营室、东壁四星构成一个正方形，称为"秋季四边形"或"飞马四边形"。室宿星官只含室宿一和室宿二两星。据《宋志》，室宿录星官十一，星一百零九。定星可定方位，《传》曰："度日出日入以知东西；南视定，北准极，以正南北。"故日出定东，日落定西，"定"定南，"极"定北。定，属今飞马座。

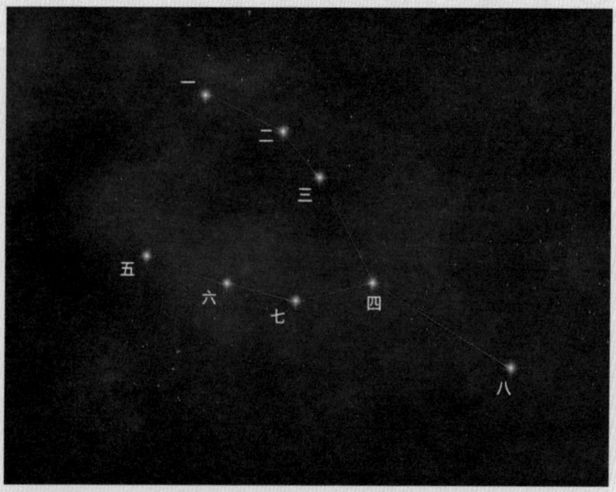

毕

臧可歆 绘 毕宿星图

【出处】

《小雅 · 渐渐之石》：“月离于毕，俾滂沱矣。”

【注疏】

《晋书 · 天文志》："毕八星，主边兵，主弋猎。"

【考证】

毕是二十八宿西方七宿中的"毕宿"，属今金牛座，毕宿八星。其毕星五，是全天 21 颗最亮恒星之一。毕星团的线直径为 30.6 光年，离地球 143 光年；而毕星五离地球仅 65 光年。所以毕星五不属于拥有三四百颗恒星的毕星团，它是毕星团的前景星。

毕，本是古代人们田猎用的长柄小网。《小雅 · 鸳鸯》："鸳鸯于飞，毕之罗之。"毕即小网。《说文解字》："毕，田网也。"《后汉书 · 苏竟传》："毕为天网，主网罗无道之君。"《月令》注云"小而柄长谓之毕"。《国语 · 齐语》韦注："毕，掩雉、兔之网也。"梅尧臣有诗曰："毕星在傍如张罗，固谓走失应无疑。"

日食

(美)霍华德·罗素·巴特勒

【出处】

《小雅·十月之交》：“日有食之，亦孔之丑。”

【注疏】

《笺》："周之十月，夏之八月也。八月朔日，日月交会而日食，阴侵阳，臣侵君之象。"交，朔也。

《集传》："交，日月交会，谓晦朔之间也。"

【考证】

日食，又叫日蚀。太阳和月亮行到黄道与白道的交点附近，在此限度内才会发生交食现象。这个限度叫食限。日食限最小15度21分，最大18度31分间。日全食限最小9度55分，最大11度50分间。

中国古代学者推算交食，至南朝梁和隋已渐密，至元而愈精。《十月之交》诗中发生的日食，在"朔日辛卯"，据郭守敬等人推定：此次日食发生在周幽王六年，十月建酉，辛卯朔日，日入食限。载在史志。

月食

（意大利） Gallo Gallina 恐惧月食的人们

【出处】

《小雅 · 十月之交》：“彼月而食。”

【注疏】

✿《集传》：“妾妇乘其夫，小人陵君子，夷狄侵中国，则阴盛阳微，当食必食。”

【考证】

月食，发生在望日，地球运行到月球和太阳之间，若地影掩蔽月球便发生月食。月限最大 12 度 15 分，最小 9 度多；月全食限最大 6 度，最小 3 度 45 分。

“彼月而食”是一次真实的月食纪事，可以看到九分的食象。此次月食纪事比埃及的最早月食纪事早了 55 年。诗中有“则维其常”一句，是说月食乃是平常事，没有日食那么惊人。

虹

（清）任熊 《女孛骑淫虹》

【出处】

《大雅 · 抑》：“实虹小子。”

【注疏】

✿《尔雅》：“蝃蝀谓之雩。蝃蝀，虹也。”

✿《说文》：“虹，蝃蝀也。”蝃即蝃。

【考证】

虹乃太阳光线与水气相映，现于天空之彩晕。其形如半环，雨后新霁时常见。因空气内含有细水点，光线反射、折射以成，故方位与太阳相对。其各层色彩排列的次序与太阳光带相同，红在外，紫在内。虹的近旁往往出现第二虹，称为副虹，色彩较淡，其色彩顺序与正虹相反，称为蜺。蜺，今作霓。

《春秋纬·元命苞》：“虹蜺者，阴阳之精。”虹常有副虹出现，是因为光线的再反射而成。彩虹色彩绚丽者，为“淫虹”。

雨

（清）任熊《暮钟雨》

【出处】

《小雅·谷风》：“习习谷风，维风及雨。”

【注疏】

《说文》："雨，水从云下也。"

《初学记》引《纂要》："疾雨曰骤雨；徐雨曰零雨；雨久曰苦雨，亦曰愁霖。雨晴曰霁，雨而昼晴曰启，雨水曰潦，雨云曰渰。"

【考证】

雨乃水之循环中的一个环节。云下雨，雨水入海又为云，云再为雨。

《辞海》："云中的冰晶或雪粒因水汽转移、碰撞、合并，不断增大到上升气流无力支持时下降融化而成。也有液体水滴增大而下降者。雨滴直径约0.1至7毫米。"

雨多为灾，元郝经作《怒雨赋》："忽六合之破碎，迸金光于虚碧。震来兮虩虩，迅击兮霹雳。轰万乘之空车，陨千寻之绝壁。"写出了暴雨给人们带来的灾难和恐惧。其"震来兮虩虩"，或出自《周易·震卦》之"震来虩虩，笑言哑哑"语。

雪

（宋）扬无咎 《雪梅图卷》

【出处】

《小雅 · 信南山》：“上天同云，雨雪雰雰。”

【注疏】

- 《说文》：“雪，凝雨说物者。”
- 《埤雅》：“盖雪，雨之可扫者也。”

【考证】

《大戴礼记·夏小正》：“农及雪泽。”是说雪对农业的重要性，所谓“雪兆丰年”者。下雪先下霰，《頍弁》诗曰：“如彼雨雪，先集维霰。”《说文》：“霰，稷雪也。”闽俗称霰为米雪，即稷雪。霰粒如米，不同于雪花。

《韩诗外传》曰：“雪花曰霙。”霙，雪花。雪，乃空中水汽受强寒而结成六角晶体下坠者，为雪花。由于空气中所含水汽多少及温度高低之不同，雪花之六角形晶体也就不同。霰是白色不透明球形或圆锥形的固体降物，先雪而落。

雪花之六角形见载于《韩诗外传》：“凡草木花多五出，雪花独六出。”德国天文学家约翰尼斯·开普勒写了一本名为《六角雪花》的书，他在书中指出：“雪花必定是由微小的相同单元集聚在一起而成。”他用实验演示了他的理论。

云

祥云 永乐宫壁画

【出处】

《小雅 · 信南山》：“上天同云。”

【注疏】

✿《埤雅》："云象云回转之形，其上从二。二者，天中之阴也。天中之阴应之于上，故地中之阳升而为云。"

✿《说文》："雲，山川气也，从雨。云，象雲回转形。"

【考证】

云是悬浮在空中由大量水滴或冰晶组成的可见聚合体，是由水汽在空中冷却凝结所致。云是地球上水循环的一个重要环节。

杜甫诗曰："天上浮云如白衣，斯须改变如苍狗。""白云苍狗"乃瞬息万变，变化无常之意。

雷

雷公　永乐宫壁画

【出处】

《召南·殷其雷》：“殷其雷，在南山之阳。”

【注疏】

- 《集传》：“殷，雷声也。”
- 《说文》：“雷，阴阳薄动，雷雨生物者也。”
- 《淮南子》：“阴阳相薄，感而为雷，激而为霆。”

【考证】

《辞源》：“空中激电所发之响声。”《辞海》：“伴随闪电出现的强烈爆炸声。由闪道中因高温使水滴汽化、空气体积迅速膨胀出现冲击波而产生。”这就是“雷”。

电

电母　永乐宫壁画

【出处】

《小雅 · 十月之交》：“烨烨震电，不宁不令。”

【注疏】

✿《埤雅》：“阴阳激耀，与雷同气，发而为光者也。”又说：“电，火属也。盖阴阳暴格，分争激射，有火生焉，其光为电，其声为雷。今铁石相击则生火，烧石投井则起雷，又况天地大炉之所薄动，真火之所激射乎。”

✿《周易集解》引侯果曰：“雷所以动物，电所以照物，雷电震照，则万物不能怀邪。”

【考证】

电为实物的一种属性。构成实物的许多基本粒子都带有一定的电荷，有的是正的，如质子；有的是负的，如电子。一切物体都由大量的原子构成，而原子则由带正电的原子核与带负电的电子组成。在正常情况下，同一个原子中正、负电量相等，因而整个物体被认为是不带电的或中性的。当它们由于某种原因而失去一部分电子时，就带正电；当获得额外电子时，就带负电。这就是“电”的原本。

风

（清）任熊 《巽姨风扇》

【出处】

《大雅 · 桑柔》：“大风有隧，有空大谷。”

【注疏】

- 《说文》：“风动虫生，故虫八日而化。”
- 《庄子·齐物论》：“大块噫气，其名为风。”

【考证】

因空气受热而膨胀，遇冷而缩，因胀、缩而流动，是为风。空气之流动是一种自然现象，非诸儒之玄论。气象上特指空气在水平方向的流动为“风”。风会促使干冷空气和温湿空气发生交换，是天气变化的因素之一。风又是一种自然能源，可发电，可为动力。

宋玉作《风赋》，认为“风生于地，起于青蘋之末”；楚王认为“夫风者，天地之气，溥畅而至”。苏轼之少子苏过作《飓风赋》，言飓风之为害曰：“鼓千尺之涛澜，襄百仞之陵谷。”娄元礼《论风》言风之灾曰：“夏秋之交大风，及有海沙云起，俗呼谓之风潮，古人名之曰飓风，言其具四方之风，故名飓风。有此风必有霖淫大雨同作，甚则拔木偃禾，坏房室，决堤堰。”是言风之为灾。

天

(清) 任熊《天宫》

【出处】

《邶风 · 北门》："天实为之，谓之何哉。"

【注疏】

- 《说文》：“天，颠也。至高无上，从一、大。”
- 杨倞注《荀子》：“天无实形，地之上空虚者，尽皆天也。”
- 《尔雅》：“穹苍，苍天也。”郭璞注曰：“天形穹隆，其色苍苍，因名云。”

【考证】

《尔雅》说天既有形，又有色。传说女娲炼五色石以补天，天应有形。张岱《夜航船》曰：“梁太清二年六月，天裂于西北，长十尺，阔二丈，光出如电，声若雷。”既裂，天当有形。

言天为颠，是对天最好的解释。在古代，不论中外，天又指上帝或天界。李白诗曰：“不敢高声语，恐惊天上人。”

星

(荷兰）梵高《星空》

【出处】

《召南·小星》：“嘒彼小星。”

【注疏】

- 《说文》：“星，万物之精，上为列星。”
- 《淮南子·原道训》以星为“三光”之一。

【考证】

星者，恒、行、卫、彗、流，皆是。韩国学者金光日曰：“星星是从宇宙中分散的气体和尘埃聚集而成的。在宇宙中的气体或者尘埃形态分散的原子，经过数十亿年慢慢聚集后形成了有一定质量的星体，大的星体爆炸破碎后也会形成新的星体。最早形成的星体叫原始星，这种原始星经过许多年后，会变成一颗稳定的星星。”

现代科学家认为：在银河系中，存在着大量的气体和尘埃，这些星际物质中，含量最多的是氢，约占银河系总质量的百分之十，细微尘埃占百分之一，它们通过对星光的效应，显示自身的存在，这就是星云。恒星是由星云孕育的。

日

金乌 马王堆帛画

【出处】

《卫风·伯兮》：“杲杲出日。”

【注疏】

- 《说文》：“日，实也，太阳之精不亏。”
- 《淮南子·天文训》：“火气之精者为日。”

【考证】

太阳是地球上的人认为是天空中最为耀眼的天体。

美国学者西蒙·纽康说：“太阳是地球光和热的源泉，因此对我们极为重要。倘若失去来自太阳的光和热，世界不仅将笼罩在无限的黑夜之中，而且将很快陷入永久的寒冷。”

太阳是宇宙中的一个普通恒星，仅银河系中就有1000亿至2000亿颗恒星。太阳的自转周期为26天。它和它附近的恒星都围绕着银河系的中心在公转，平均速度是每秒250千米，约2.2亿年公转一周。

月

古图 《嫦娥奔月》

【出处】

《邶风 · 日月》： “日居月诸，出自东方。”

【注疏】

- 《说文》：月“太阴之精”。
- 《淮南子·天文训》：“水气之精者为月。”

【考证】

月，地球之卫星，受地心吸力以绕地，并随地以绕日。常以半面受日光，与地正向，则见满月，为望；斜向，则见半月，为上下弦；相背，则月光不见，是为晦朔。

月乃“白露暧空，素月流天”者，最为宜人。月是地球唯一的一颗卫星。月因为反射了日光，才被人们所看到。

1969 年，美国的阿波罗 11 号实现了人类首次载人登月。

在中国传统文化中，月亮具有独特的地位：人们遥望月亮思念亲人、故乡，抒发思古之幽情，祈愿天长地久，团圆美好。

汉

（意）丁托列托 《银河的起源》

【出处】

《大雅·云汉》：“倬彼云汉，昭回于天。”

【注疏】

- 《集传》：“云汉，天河也。”
- 《埤雅》：“河精，上为天汉。”

【考证】

汉为天空一白色之带，弯环如河，宽 10 度至 15 度，由无数微光小星组成。天河是 17 世纪时由伽利略用望远镜发现其由众多小星聚集而成的。天河亦称银河。银河系之星系盘的直径为 10 万光年，中心厚度 1.5 万光年，是一个中心呈棒状的棒旋星系。太阳居其中，是银河系之一恒星。

在中国古代，天河为玉帝洗澡之处，并有织女、牛郎隔河相望的神话故事；在希腊神话中有“宙斯让赫拉克斯偷吮沉睡中之赫拉的奶水，由奶水四溅而化成银河”的故事。

第八章　杂考

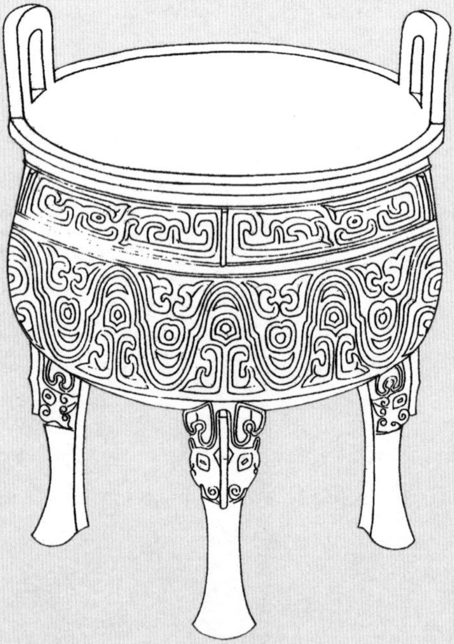

鼎

《西清古鉴》

【出处】

《周颂·丝衣》："鼐鼎及鼒，兕觥其觩。"

【注疏】

《尔雅》："鼎绝大谓之鼐，圜弇上谓之鼒。"郭璞注："鼎敛上而小口。"

【考证】

鼎，古代炊器，多用青铜制成。除司（后）母戊等鼎方形四足两耳外，多为圆形三足两耳，如盂鼎、克鼎、毛公鼎等。鼎除了作为炊器外，又是祭祀所用的礼器。

在《周易》中，鼎为卦名，是六十四卦中的第五十卦，卦象为巽下离上，上火下木，象征鼎器。《周易恒解》："革，去故也，鼎，取新也。"意思是《革卦》革去旧物，而《鼎卦》建立新生事物，合起来为"吐故纳新"之义。

天子以天下为鼎，诸侯以国为鼎，可见鼎又是国家政权的象征。郑玄曰："鼎烹熟以养人，犹圣君兴仁义之道，以教天下也。"所以鼎又有教化义。《序卦》曰："革物者莫若鼎。"革物，变腥为熟，易坚为柔，当是人类进步之征。鼎既为政权的象征物，所以古有禹铸九鼎之说。

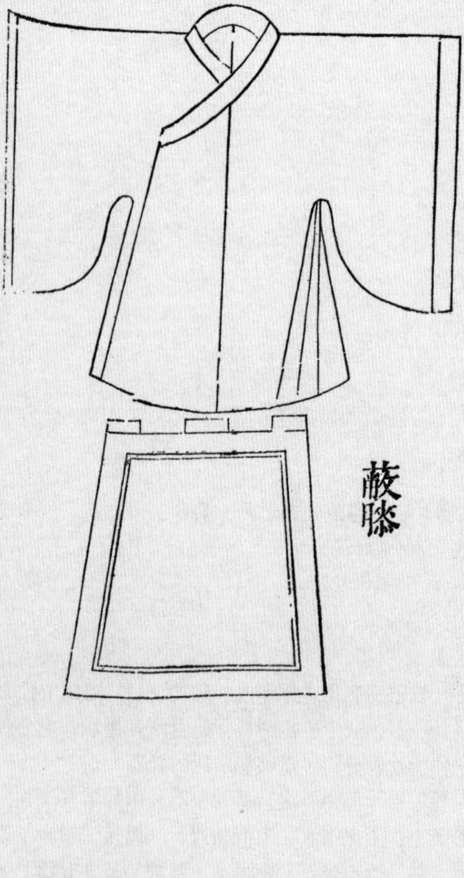

袍

《三才图会》

【出处】

《秦风 · 无衣》：“岂曰无衣，与子同袍。”

【注疏】

- 《左传》：“重茧衣裘。”茧，新棉袍。
- 《尔雅》：“袍，襺也。”

【考证】

袍之义其一为长襦，是将短衣做长，下垂至脚背者。其二谓衣有著者，此长袍有里有面，里面之间有著物，或棉絮，或丝绒，是今之棉袍者。陆德明曰：“襺本亦作茧，棉衣也。”郭璞注：“《礼记·玉藻》：‘纩为茧，缊为袍。’郑玄注曰：‘衣有著之异名也。纩谓今之新棉也，缊谓今纩及旧絮也。’”是说衣之著为新棉曰纩，新棉加旧絮曰缊。其三，袍为一种长衣，类似今之披风或斗篷，《秦风·无衣》中之“袍”者是。正如闻一多说的“行军者日以当衣，夜以当被”。

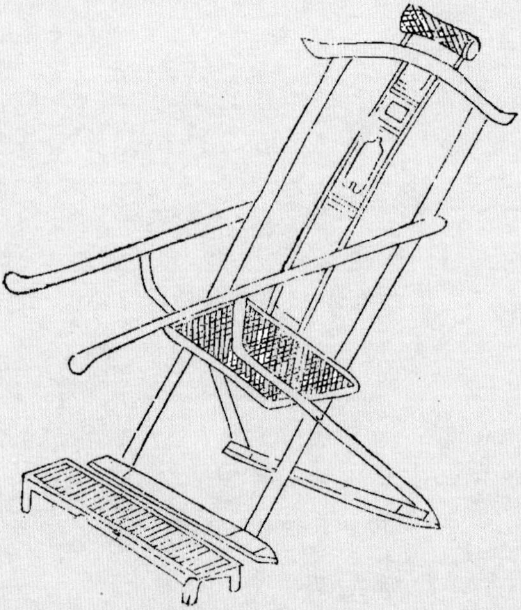

床

胡床 《三才图会》

【出处】

《小雅 · 斯干》：“乃生男子，载寝之床。”

【注疏】

- 《说文》：“床，安身之坐者。”
- 《释名》：“人所坐卧曰床。床，装也。所以自装载也。”
- 《尔雅》：“箦谓之笫。”郭璞注：“床版。”

【考证】

床不仅广八尺，其尚有足。古之床或似凭依，或以庋物，或以寝处。而“胡床”乃坐具，应劭《风俗通》载，赵武灵王赵雍作胡床乃以为坐。胡床乃可以折叠的轻便坐具。《清异录》曰：“胡床，施转关以交足，穿便絛以容坐，转缩须臾，重不数斤。”似为今之大马扎。与今之卧床无关。唐崔珪诗曰：“灯暗愁孤坐，床空怨独眠。”

觥（gōng）

《西清古鉴》

【出处】

《小雅·桑扈》：“兕觥其觩，旨酒思柔。”

【注疏】

✿《集传》：“兕觥，爵也。觩，角上曲貌。”

【考证】

觥为盛酒器。流行于商晚期至西周早期。椭圆形或方形器身，有流和鋬，圈足或四足。带盖，盖做成有角的兽头或长鼻上卷的象头状。有的觥全器做成动物状，头和背为盖，身为腹，尾为鋬，四腿作足。

1976 年，陕西扶风出土西周“折觥”一件，高 28.7 厘米。长方形腹，有盖，盖前端做成兽头，刻有铭文。是青铜器断代的标准器。

凌阴

《西清古鉴》

【出处】

《豳风 · 七月》："二之日凿冰冲冲，三之日纳于凌阴。"

【注疏】

- 《传》：“凌阴，冰室也。”
- 《三辅黄图》卷三：“凌室，在未央宫，藏冰之所也。”

【考证】

凌者，冰也。阴者，借为窨，为地窖，“凌阴”即冰窖。古文献多有记载。

宋张敦颐《六朝事迹》曰：“覆舟山上有凌室，乃六朝每岁藏冰于此也。”古人以冰消暑是一种制度，《周礼·天官冢宰》中记有：设有凌人一职，专司冰事。其曰：“凌人掌冰，正岁，十有二月，令斩冰，三其凌。春始治鉴，凡外内饔之膳羞，鉴焉。凡酒、浆之酒醴亦如之。祭祀，共冰鉴。宾客，共冰。大丧，共夷槃冰。夏，颁冰掌事。秋，刷。”以上是说，古人用冰不只为了消暑，其祭祀用的酒和食品要放在冰鉴中；客至，以冰消暑；死了人，用冰冷冻尸体；夏有颁冰之礼仪。至秋，清洗冰具及凌阴。

1976年，陕西省雍城考古队在今凤翔县姚家冈高地的西部，发掘了一处春秋时秦国的凌阴遗址。《三辅黄图》所说的汉未央宫凌室遗址，至今未被发现。

灵沼

(清) 毕沅 《关中胜迹图志》

【出处】

《大雅 · 灵台》： “王在灵沼，于牣鱼跃。”

【注疏】

✿《集传》：“灵沼，囿之中有沼也。”

【考证】

灵沼乃是周文王所建的灵囿中的一个池沼。西北大学教授陈直指出：“灵沼遗址今在长安海子村，与户县小丰村北边相连接。”

《三辅黄图》何清谷注“灵沼”曰：“在今长安县西部沣河西岸的柳林庄、董村、海子村南接小丰村（属长安县），有一片较大的洼地，面积约三平方公里，当地村民俗称这片洼地为‘海子’。”汉武帝凿昆明池，灵沼又为昆明池的一部分。《三秦记》：“昆明池中有灵沼，名神池，云尧时治水，尝停船于此池。池通白鹿原，原人钓鱼，纶绝而去。”《三辅黄图》照录了《三秦记》此段。

织女

石婆石像

【出处】

《小雅 · 大东》中有“跂彼织女”“睆彼牵牛”。

【注疏】

✿《三辅黄图》引《关辅古语》：“昆明池中有二石人，立牵牛、织女于池之东西，以象天河。”

【考证】

织女和牵牛是二星官名。张衡《西京赋》云：“昆明灵沼，黑水玄阯，周以金堤，树以柳杞。豫章珍馆，揭焉中峙，牵牛立其左，织女处其右。”

二石像至今仍存于世。陈直曰：“现距西安城西约十公里斗门镇东南，有一所小庙，俗称石爷庙。庙之东一点五公里在北常家庄附近田间另有一所小庙，俗称石婆庙。两庙中各有石像一个，皆属于汉代昆明池遗址。”

石婆，遍身披彩，仅露其头，圆浑似茂陵石刻。石婆像高230厘米，石爷像高290厘米。据考，此二石像比霍去病墓前石刻组雕早三年，是我国迄今所知大型石雕遗物时代最早的，极为珍贵。

三良

秦三良冢碑

【出处】

《秦风 · 黄鸟》：“交交黄鸟，止于棘。谁从穆公？子车奄息。”

【注疏】

《左传 · 文公六年》：“秦伯任好卒，以子车氏之三子奄息、仲行、鍼虎为殉，皆秦之良也。国人哀之，为之赋《黄鸟》。”

【考证】

“三良”事独出《左传》，《史记 · 秦本纪》照录《左传》。《春秋》既无载，“三良”之事或为史疑。曹子建《三良诗》之“秦穆先下世，三臣皆自残”，亦不能为史实。

应劭《汉书》注曰：“秦穆公与群臣饮酒，酒酣，公曰：‘生共此乐，死共此哀。’于是奄息、仲行、鍼虎许诺。及公薨，皆从死。”是说三良不是杀殉。又据赵丛苍说：在今凤翔城外东南隅，原有三座高大的冢丘，就是秦代的“三良冢”，现冢已夷平，唯清代毕沅书“秦三良冢”石碑尚存。

后记

在本书的编写过程中，三秦出版社副总编辑贾云先生对原稿提出了许多宝贵意见和建议；责任编辑何飞燕博士、周甜和杨妩娇女士对原稿进行精心审阅和修正；西安工程大学臧衍乐副教授为本书找图、配图283幅；臧麟阁女士为我购买了多种古今参考用书；西安工程大学在读硕士研究生臧可歆参考诺顿星图，为本书绘制了10幅精美的星图；加拿大滑铁卢学士赵子戌、美国赵未南女士为本书拍摄了加州海禽照片多幅；还有许多关心和帮助过此书编写的朋友。在此一并感谢。

2022年5月30日